新潮文庫

たそがれ清兵衛

藤沢周平著

新潮社版

4721

目次

たそがれ清兵衛

たそがれ清兵衛(せいべえ)

一

時刻は四ツ半（午後十一時）を過ぎているのに、城の北の濠ばたにある小海町の家老屋敷、杉山家の奥にはまだ灯がともっていた。

客が二人いた。組頭の寺内権兵衛と郡奉行の大塚七十郎である。屋敷の主人杉山頼母は深深と腕を組んだまま、何度目かのため息をついたが、やがて腕をおろすとぱたりと膝を打った。

「ま、ともかく半沢からの、つぎの知らせを待とう」

「もし、間違いないとわかったら、どう処置なさるおつもりじゃな」

と寺内が言った。杉山は、寺内の肉の厚い赫ら顔と丸い眼を見た。

「そのときは、とても捨ててはおけん」

杉山は、自分をはげますように、今度は拳で強く自分の膝を殴りつけた。

「対決して、堀将監を排斥するまでだ」

藩ではいま、根の深い厄介事をひとつ抱えていた。筆頭家老堀将監の専横である。だが、堀の専横には、杉山たちほかの執政にも責任があった。

七年前に、藩は未曾有の凶作に見舞われた。異常な天候のせいである。その年は、田植どきも田植が終ったあとも、一滴の雨も降らず、しかも真夏のように暑い日が野を照りわたって、人びとを不安がらせた。百姓たちは必死に水をやりくりしながら梅雨を待ったが、梅雨は六月に入るとすぐに、ほんの十日足らずの間、罅われた田圃をしめらせただけで上がってしまった。

そして、並みの年の梅雨明けにあたる六月の中旬になって、また雨が降り出したが、その雨はこごえるほどにつめたかった。五日つづいたその雨は、六日目に領民がかつて見たことのない豪雨になった。一昼夜の間、昼と夜の区別もつかないほど暗くなった天地に、ただごうごうと雨の音がひびき、領内の川という川、溝という溝はことごとく溢れた。ようやく雨がやんだとき、平地では田も畑もすべて水の下に沈んでいたのである。

田畑だけではなかった。城の前面を流れる五間川が氾濫して、城下の町々も水びたしになったし、その川は下流では堤が切れて、人家が押し流される村落さえ出た。

水がひき、辛うじて生き残った稲に七月の日射しがさしかける季節になったが、そのころになると、今度は国境いの山地から、連日つめたい風が吹き降りて来て、生気のない稲田を波打たせて野を走り抜けた。そういう日が何日もつづき、穂孕みは遅れに遅れた。大凶作が決定的になったのである。

領内は前年も不作だったが、財政が苦しい藩は強引に年貢を取り立てたので、村々では取り置きの古米まで年貢に回した者が少なくないとみられていた。その翌年の大凶作である。

今度は領内から餓死者を出すおそれがあった。

藩ではとりあえず藩庫をカラにして、上方から米、雑穀を買いいれる手配をつける一方、領内の穀物の他領持出し禁止、糅飯の奨励などの飢饉対策を徹底させた。だが藩の指図を待つまでもなかった。領民は争って野山に入り、葛の根、蕨の根を掘った。大根、蕪、白芋、唐芋は葉まで干して食用に回したし、蕗の葉、イタドリ、あざみの葉までゆでたり、灰汁抜きをしたりして糅飯の種にした。

予想どおり、領内は秋から冬いっぱいにかけて飢饉に見舞われ、領民は餓えと寒さに責められる苦しい冬を送ったが、三月になってようやく手当てしておいた上方の米と雑穀がとどき、藩では家中、町方、郷方の順に合積り（配給）の制度をしいて米、大豆、麦の売り出しにかかることが出来た。また手もとに米を買い入れる金がない領民には貸付けの手配を講じ、貸付けも無理とみなされる極貧の者には、町役人、村役人に書き出させたうえで、一人あて一日一合五勺の御救い米を支給した。

時の執政たちは、ともかく餓死者を出さずに、どうにか飢饉をしのぐことに成功したが、そのあとの財政の窮乏には頭を抱えた。形ばかり割りあてた年貢は、三分の一も収納出来ず、すべて貸付けになっていた。その貸付け分も、飢饉の手当てに支出した藩金も、いつになったら回収出来るのか、めどが立たなかった。

めどが立たないのは、一昨年の不作、昨年の大凶作と二年つづきの打撃で、村々が疲弊しつくしてしまったからである。春になっても、田に蒔きおろす種籾を持たない百姓が村々に続出していた。その中には、借金して種籾を買うどころではなく、二年越しの借金の重圧に堪えられず、田を放棄して町に奉公に出る者もいた。

藩が恐れる潰れ地が出はじめたのである。潰れ地は他に売り渡さずに、村落の共同耕作とすることという藩の定めがあったが、その定めは村々の重荷になった。誰しもが、自分のことで手一杯だった。村々には春になっても耕されない田があちこちと残った。借財を抱えた村々を、一種の無気力が覆いはじめていた。

そういう情勢をよそに、藩の支出は出るだけは確実に出る。藩では倹約令を公布したが、それも焼石に水だった。それにしても、ある程度の資金を工面して、傷手を負った農政を建て直すことが先決問題だった。執政たちは、年が明けてから、城下の富商たちを個別に城に呼んで、借金の掛け合いに入っていたが、すでに藩に多額の金を貸している商人たちは、見返りどころか回収もおぼつかない金を貸すことに、一様に難色を示した。

結局、春までかかった長い交渉のはてに、藩が借入れることにまとまった金額は、必要な借入れ額の五分の一にも達しなかった。交渉は失敗に終ったのである。その直後に、家老三人、中老一人が職を辞した。執政の地位にとどまったのは、家老の成瀬忠左衛門、中老の杉山頼母の二人だけである。

そしてかわりに組頭から家老職にのぼったのが堀将監だった。もう一人、新たに家老になった野沢市兵衛も堀派の人間だった。堀の先代は長く筆頭の家老を勤めて、藩内に堀派という隠然とした派閥を残した人間であり、野沢市兵衛もかつて家老を勤めた人物だったから、この二人はひさびさに執政職に復帰した形になった。その二人に、残留した成瀬忠左衛門、中老から家老にすすんだ杉山頼母を加えた四人が家老職を占めることになり、中老には新たに吉村喜左衛門、片岡甚之丞が任ぜられた。吉村、片岡も堀派の人間だった。

二

堀将監は組頭でいる間に、たびたび旧執政の政策を批判し、凶作の後始末についても、自分にはべつにやりようがあると豪語していたが、執政に入り、筆頭家老の地位につくと、早速にその自分の方針なるものを藩政に打ち出した。

領内に能登屋万蔵という回漕問屋がいる。千石船を二艘、五百石積み、三百石積みの船を数艘持っていて、北は松前、南は上方まで手広く諸国の産品を回し、その富は底知れないとささやかれる新興の商人だった。能登屋の住居は、城下から四里ほどはなれた港町須川にある。

かつて二度、藩と能登屋が膝つき合わせて接触したことがある。一度は、幕府から社寺修覆の手伝いを命ぜられた藩が、工事掛かり金の調達に窮して能登屋に五千両の借金を申しこんだときであり、一度は能登屋の方から、藩最大の開墾事業と言われた芦野新田の開発を請負いたいと申しこんで来たときである。

しかしその折衝は、二度とも実を結ばずに流れた。理由は能登屋の示した条件が、城下商人とは感触が違って、いずれも金貸しはだしの利にきびしいものだったからである。苦しい台所を抱える藩は、能登屋万蔵の富をつねに意識しながら、一方できわめて利にさといその商人が藩政に介入して来るのを恐れて来たのだった。

その能登屋の財力を、堀将監は無造作に藩政の中に組みこんだのである。堀はまず、借上げ米のために困窮している下級藩士を救済するためと称して、能登屋から一万両の借金をして藩庫を満たし、かわりに借上げの率をゆるめた。つぎには村方と能登屋の間に、低利融資の道をつけ、藩を通さずに、能登屋が直接に村方費用や種籾を貸しつけることが出来るようにした。

藩公認の金貸しが村方制度の中に入りこむことになったのだが、外からみれば、それは疲弊した村々に対する藩の救済手段の一方便と映った。そして行末のことはともかく、沈滞していた村々の空気が、能登屋の金によって息を吹き返したことは事実だった。

旧執政や家老の成瀬忠左衛門、杉山頼母らは、堀の思い切った政策を息をのんで見まもっていたのだが、あえて正面から異をとなえることはしなかった。能登屋の財力を使って、藩政に活を入れてみたいという欲望は、旧執政の間にもつねにあったからである。ただし成瀬や杉山をふくめる旧執政たちには、それをやった結果、能登屋は抜きさしならず藩政に喰いこみ、また郷村一帯は能登屋の金にしばられて、いずれは以前にも増す疲弊を来たすのではないかという懸念から踏み切れなかったのだが、堀が蛮勇をふるって能登屋との結びつきに踏み切った以上、あとはその成行きを見守るしかなかったのだ。

その結果が、いま出ていた。村方への投資を、能登屋はいま潰れ地を買い取って地主になるという形で回収しつつあった。以前にも一部の郡奉行、代官などが潰れ地を地主、富商に斡旋して利を得たという事件があって、きびしい咎めを受けたことがあったが、今度は能登屋が公然と潰れ地買収に乗り出し、しかも能登屋には未収の貸し金を田地買収で取り立てるという大義名分があるために、誰もそれを咎められないという状況になったのである。

新田開発などを通して、藩が一貫してすすめて来たのは、足腰の強い自前百姓の育成だったが、農政の基本としたそのやり方は崩れて、領内には多数の小作百姓と、そして領内にかつて存在したことのない巨大な地主が出現しようとしているのであった。

能登屋は、藩のさまざまな施策に気前よく資金を提供したが、それは低利融資という、一見して協力的な仮面をかぶっているものの、むろんすべて藩の借金にほかならなかった。能登屋は、藩というもっとも堅い融資先に密着することで、確実に財力を膨らませつつあった。能登屋が城下に支店を開き、そこにひそかに出入りして金を借りる家中藩士が跡を絶たないということも、最近では公然の秘密になっていた。能登屋は藩の苦しい台所を救った救世主であったが、そこから絶えず利を吸い上げていることでは、巨大な寄生虫でもあった。

そのことを指摘する声もあったが、堀将監は平然としていた。能登屋と組んだ手をゆるめる気配はまったくなく、強く反対する者は容赦なく弾圧した。

能登屋の融資を基本においた農政を、きびしく批判した郡代高柳庄八は、即日職を解かれ五十日の閉門処分を受けた。また能登屋の潰れ地買収の詳細を調べて、ひそかに調書を作成していた郡奉行の三井弥之助は、左遷されて辺地の代官に飛ばされた。能登屋からの藩の借入れ状況の詳細を記した上に、意見書をそえて藩主和泉守に上書しようとした勘定奉行下役諏訪三七郎は、書類を押さえられた上に家禄を半分削られ、国境いの関所番に役替えされた。

だが、堀の専断は反対派に対する弾圧だけにとどまらなかった。諏訪三七郎は慎重な男で、作成した調書と意見書の控えをつくっていた。その控えは、藩主のそば近く仕える諏訪の友人の手によって、ひそかに藩主にとどけられ、それを見た若い藩主が激怒したといううわさがあった。それを聞きつけた堀は、次第に藩主交替を考えるようになったようであった。

堀が狙ったのは、藩主の三弟与五郎の擁立だった。和泉守正寛は、頭脳明敏で覇気もある藩主だったが、病弱だった。そのせいか、三十二になってもまだ子供がいなかった。堀はそこに眼をつけて、早い時期に和泉守を隠居させ、頭が切れて気性のはげしい現藩主のかわりに、性格温順な三弟を藩主に立てる画策をはじめたのである。

江戸家老半沢作兵衛から杉山にとどいた密書には、半月ほど前に、藩主の病気見舞いと称して突然江戸にのぼって来た堀の真の目的は、病気のために帰国が遅れている和泉守に会って、膝づめで隠居を迫るためのもののようであると記していた。半沢はつけ加えて、おそらく国元でそれをやっては、家中に対する影響が大きいと考えたためだろうと、自分の観測ものべていたが、そこまで言うからには、半沢は何らかの証拠をにぎったとみるべきだった。

堀将監には、二年ほど前から傍若無人な振舞いが目立つようになった。能登屋に献金させて海辺に別荘をつくったのもそのひとつで、家中、領民の困窮をよそに、堀は月に一度、その別荘でひとのうわさにのぼるほどの豪奢（ごうしゃ）な遊興を繰り返して平然としていた。

そういうことも、また藩主に対する画策のあらましも、杉山たち一部の重臣はつかんでいて、ひそかに対策を練っていたが、半沢の密書によれば事態はいよいよ放置出来ないところに来たわけであった。堀の父、先代の将監は、筆頭の家老を勤めながら専横の振舞いを咎められて、執政からのぞかれた人物だったが、専横は堀家の血とみえて、子の将監もまた、父親を上回る専横ぶりを示しはじめたとみるべきだった。

「忠左衛門とわし、それに甚之丞か」

杉山頼母は指を折った。杉山たち反堀派も、堀の専横を指をくわえて見ていたわけではなく、中老の片岡甚之丞を説いて、ひそかに自派にひきこんでいた。

「執政はいまのところ、勢力五分五分だ。しかし、そなたや加納又左が出る重職会議にかけるとなると……」

杉山は寺内権兵衛の顔を見つめながら、さらに指を折った。

「中立の三人をのぞくと、むこうの方が二人多いことになる」

「大目付の矢野を使って、監察会議をひらかせてはいかがかの？」

「いや、矢野にはその度胸はない。矢野は堀派とは言えぬが、堀を恐れておる」

「それでは、打つ手がないではないか」

寺内は苛立って、畳の上の茶碗をつかみ上げると口に持って行ったが、空だとわかるといまいましげに茶托にもどした。

それを見て杉山が言った。

「茶を呼んで、一服しようか」

「いや、夜も更け申した。つづけよう」

「さようか」

杉山は、改めて寺内と大塚に眼をくばった。

「わしの考えでは、やはり重職会議を催して、一度は公然と堀の非行を弾劾することが必要だと思われる。それはわしがやる。殿に隠居を迫った一件をぶちまければ、どっちつかずの早坂たちも、こちらに与せずにはいられまい」

「確かな証拠をつかまねば、藪蛇になりますぞ。逆にこちらが一網打尽にやられる恐れもある」

「むろん、証拠を握ったあとのことじゃ」

「しかし、将監は強引な男だからの」

寺内は慎重な口ぶりでつづけた。

「かりに、それでやつの首根を押さえたとしても、そこで恐れ入って身をひくような男ではあるまい。身をひけば、追いかけて咎めがくだることは必定と、堀は心得ておるはずじゃ」

「そのことで、いまひとつ相談がある」

と杉山頼母は言った。しばらく行燈の油が焼ける音を聞くようにうつむいていたが、やがて面長の品のいい顔を上げた。杉山の顔には強い緊張のいろがうかび、自分の屋敷にいるのに声をひそめた。

「もし、会議の勢力を伯仲に持って行くことが出来れば、そのあとに打つ手はひとつ」

「……」

「こちらも強気に退陣を迫り、聞けばその場に大目付を呼び、聞かねばその場を去らせず堀を討ちとるほかはあるまい。どう思うかの？　忠左衛門はかねがね堀誅殺を口にしておる」

「……」

「真向から対立するからには、堀を無傷で会議の席から帰しては、こちらの負けじゃ。あとの始末がどうなるかは、眼に見えておる」

「いかにも」

寺内は喘ぐように口をあけた。しばらく沈黙してから言った。

「ほかに手はござるまい。しかし、それにはほかの方々の承諾が要ろう」

「いや、そのゆとりはない。それに、わが派が頻々と会合しては敵に怪しまれる」

杉山は首を振り、はじめて敵という言葉を使った。

「半沢のつぎの知らせ次第だが、堀のやっておることが半沢の申すようなものであれば、ただちに江戸の殿に急使を出して、一筆いただく」

「上意討ちかの？」

「さよう、上意討ちにかける」

杉山はきっぱりと言い、三人は顔を見合わせた。暫時の沈黙のあとで、寺内が言った。

「さて、あとは誰を討手に選ぶかじゃな」

「討手？」

杉山は決定したことの重大さに心を奪われている顔つきで、ぼんやりと寺内を見た。

「討手など誰でもよかろう。若い者の中から剣を遣える者をさがせばよい」

「いや、いや、さにあらず」

寺内は家老の無知におどろいたように、堀にはそばをはなれない護衛がいるのだと言った。

「近習組の北爪半四郎。北爪は江戸で小野派一刀流を修行した男だが、藩中に彼の右に出る剣士はいないと言われておる。重職会議となれば、堀がその席に強引に北爪をともなって来るのは必定」

「はて、厄介な」

「それに堀自身も、若いころには城下の平田道場で鳴らした男。それにあの巨軀でござる。上意討ちと申しても、一瞬のうちに事をはこばねば、会議の広間は修羅場となりますぞ」

「……」

「討手には、少なくとも北爪と互角に立ち合える者を選ぶことが、先決にござる」

杉山は両手で顔を覆うと、指先で疲れた眼を押し揉んだ。ようやく藩政から堀の横暴をのぞく目処が立ったというのに、最後の詰めのところに、意外な困難が待ちうけていたようである。

杉山は手を顔からはなすと、疲れ切った声で言った。

「誰か、これはと思う者はおらんのか？」

「さあて」

寺内は太い腕を組んで、首をかしげた。しかしすぐには思いあたらない様子で、天井をにらんだまま首をひねっている。

しばらく苛立たしい沈黙がつづいたが、やがて、それまで終始発言をひかえて来た大塚七十郎が、おそれながらと言った。

「その役目、井口清兵衛に命じられてはいかがかと思われます」

「井口？」

杉山と寺内は、同時に七十郎を見た。杉山が言った。

「聞いたことのない名前じゃな。何者だ？」

「勘定組に勤めて、禄はたしか五十石ほどかと記憶しておりますが……」

と言って、大塚は浅黒い顔に苦笑をうかべた。

「そうそう、たそがれ清兵衛という渾名(あだな)で、一部にはよく知られておる男でございます」

「たそがれ？　何じゃ、それは？」

「日暮れになると元気になるという意味にございましょう」

「わかったぞ」

杉山は膝を打った。顔をしかめた。

「その男、飲み助じゃな？」

「いえいえ、違います。回りくどいことを申し上げて申訳ございません」

大塚は恐縮した顔になった。

「井口はもっぱら家のことをいたしますので。それがし、見たわけではありませんが、城をさがると、飯の支度から掃除、洗濯と、車輪の勢いで働きますそうにございます」

「その男、家の者はおらんのか？」

「女房がおりますが、それが長年の患いで臥っておりまして、しか致しておると聞いております」

「ほほう」

杉山は寺内と顔を見合わせた。

「感心な者じゃな。病妻をいたわって、仲ようしておるのはよろしい」

「しかし、多分その疲れのせいでございましょう。昼の城勤めでは、そろばんをにぎって居眠りすることもあるとかで、たそがれ清兵衛というのは、同僚の陰口でもございます」

杉山はほめて損したというように、おもしろくない顔をした。

「その清兵衛が、剣が出来るのか？」

「諏訪の話によりますと、井口は無形流の名手だそうにございます」

大塚は、堀将監のために関所番に左遷された、元勘定奉行下役の名前を挙げた。

「ご承知ないかも知れませんが、鮫鞘町に松村と申す無形流の道場があります。いまもむかしも映えない小さな道場ですが、井口はこの道場に学んで、若いころは師をしのぐと評判があった遣い手だった由にございます」

「若いころというと、井口はもう若くはないのか？」

「されば、もはや三十半ばにはなっておりましょう」

「どうも、頼りない話じゃな」

杉山は首をかしげ、寺内にどう思うなと言った。寺内権兵衛も首をひねったが、ほかに思いあたる人間もいないという思い入れで言った。

「一度、お呼びになってはいかがですかな」

三

下城の太鼓が鳴ると、井口清兵衛はすばやく手もとの書類を片づけ、詰所の誰よりも早く部屋を出た。部屋の出口で、もごもご帰りの挨拶を言ったが、それに答える者もなく、またとくに清兵衛に眼をとめた者もいなかった。清兵衛の帰りが早いことには、みんなすっかり慣れっこになっているのである。

城を出ると、清兵衛はいそぐ足どりでもなく、しかし一定した足の運びで、組屋敷があるいだろう。

狐町にむかって歩いて行く。途中、にぎやかな店がならんでいる初音町を通るとき、清兵衛はつと青物屋の軒下に入り、葱を買った。そこを出て、しばらく歩くと今度は豆腐を買った。さほど迷う様子もなく、買物を済ませたのは、日ごろそのたぐいの買物に馴れているせいだろう。

買物はそれだけで、清兵衛はそのあとはややうつむき加減に、変りない足どりで家がある狐町にむかった。馬のように長い顔に、ややひげがのびかけている。さかやきものび加減だった。衣服まで少々垢じみて、手に土のついた葱をさげている清兵衛を、すれ違うひとが怪訝そうに眺めたりするが、清兵衛は少しも動じない顔でわが家にたどりついた。

「ただいま、もどったぞ」

清兵衛は奥に声をかけて、そのまま台所に行く。葱は一たん土間に置き、豆腐は小桶に水を汲んでその中に沈めた。

それから茶の間に引き返して、寝間に使っている隣の部屋との間の襖をあける。寝たきりの妻女の白い顔を見ながら、清兵衛は言う。

「変ったことはなかったかの?」

「はい。物売りが二人ほど来たようですけど」

「ふむ」

清兵衛は刀をはずし、手早く着換える。梅雨曇りのいくらか涼しい日がつづいているが、清兵衛は浴衣に着換えて、その上から襷をかけた。

まず寝ている妻女の夜具をはいで、そろそろと抱え起こす。つぎに手をそえて立たせると、おぼつかない足どりの妻女に手を貸して、厠（かわや）まで連れて行く。そのひと仕事が終って、妻女を寝かしつけると、清兵衛は今度は台所に立つ。

飯を炊き、汁を煮るその間に、朝は出来なかった家の中の掃除を頰（ほお）かむりしてざっと済まし、雨戸のあるところは雨戸を閉め切る。そういう姿を、同じ組屋敷の者に見られることから、たそがれ何とかと蔑称（べっしょう）めいた渾名が立っていることは、清兵衛も承知しているが、妻女が病気に倒れて数年、ほかにひともいない家だからやむを得ないのである。

清兵衛は、出来上がった飯の支度を、茶の間にはこび、妻女に喰（く）わせながら自分も飯を喰う。

「おまえさま、今夜の豆腐汁は味がようございますこと」

「うむ」

「食事の支度も、だんだんと手が上がるものと見えますな。申しわけございませぬ」

「……」

食事の後始末が済むと、清兵衛は外に出て、同僚の小寺辰平（こでらたつへい）の妻女から、内職の材料を受け取って来る。内職は虫籠（むしかご）づくりである。

清兵衛は内職の品を茶の間と寝部屋の境い目のところにはこび、妻女の話相手になりながら手を動かす。と言っても、話しかけるのはほとんどが妻女の方からで、清兵衛は時おり返事を返すだけである。一日中城に勤めている清兵衛よりも、寝ながら外の声を聞いている妻女の方が世間を知っていた。

やがて話し疲れた妻女が眠るという。清兵衛はもう一度厠通いを介抱し、妻女を寝かしつけると今度は間の襖をしめて、本格的に内職に取り組む。

——夏か、少なくとも秋口には……。

奈美を山の湯宿に、保養にやりたいものだ、と清兵衛は思っている。

妻女の名は奈美である。五つのときに、両親を失なって孤児となり、遠い血筋を頼って清兵衛の家に来た。清兵衛より五つ年下だった。ほかには子供がいなかったので、二人は兄妹として育てられ、齢ごろになれば奈美は井口の家から嫁に行くはずだったが、清兵衛の両親が早く病死したために、事情が違って来た。遺言によって、二人は夫婦になったのである。

数年前に妻女は労咳にかかった。咳が出るわけでもなく、血を吐くわけでもないのに、清兵衛の眼には、日に日に痩せて行くように見える。食が細くなっているのだ。

——藪医者め。

はたして労咳かと、清兵衛は薬をもらっている町医の久米六庵の診立てを疑うことがあるが、六庵の言葉の中で、もっとも信用出来そうに思われるのは、転地して、うまいものを喰わせれば、病気は半分方なおると言う言葉だった。

心あたりはあった。五十石の平藩士では、山の湯に湯治など思いもよらないが、勘定方によく顔を出す城出入りの荒物商人が、誰かから話を伝え聞いたとみえて、いたく清兵衛に同情を示し、鶴ノ木湯には常宿が二軒もあるから、言ってくれればいつでも宿を世話すると、わざわざ清兵衛の席に立ち寄って言ってくれたのである。

荒物屋の親切を頼りに、清兵衛は何とか奈美を山麓の湯宿にやりたいと思っていた。六庵の話では、奈美は心身ともに夫を頼りすぎていて、このままではやがて立ち上がれない病人になるだろうとも言っていた。そうなる前に、空気がよくたべもののうまい鶴ノ木湯にやりたいのだが、それにはいま少し費用が足りなかった。

清兵衛は顔を上げた。忍びやかに表戸が鳴っている。清兵衛は眉をひそめて立ち上がると、土間に降りた。戸をあけると、頭巾で顔を包んだ男が立っていた。

「郡奉行の大塚じゃ」

男は言うと、自分から土間に入って来て、うしろ手に戸を閉めた。

「遅くなって相済まんが……」

大塚七十郎は、頭巾を取ると首をのばして無遠慮に茶の間をのぞき、それから顔を清兵衛にもどして言った。

「これから、わしと同道して小海町まで行ってくれぬか。杉山さまが、そなたに会いたいと申されておる」

「これからでござりますか？」

清兵衛は当惑したように、大塚を見た。

「何か、急なご用でも？」

「むろん、急用だ。ご家老は、ぜひともそなたに会って話したいことがござるそうだ」

「……」

「内職に精出しておるところを悪いが、同道してくれ」

大塚は、なだめるように言った。

清兵衛は茶の間に引き返した。刀をつかみ上げて腰に差すとき、さりげなく目釘を改めた。

それから、念のために襖をあけてみると、妻女が目ざめていて、不安そうに清兵衛を見た。

「小海町のご家老さまに呼ばれたゆえ、行って来る」

「はい」

「じきにもどる。眠っておれ」

清兵衛は、襖はそのままにし、行燈の灯だけ消して、大塚とともに家を出た。

四

一切他言しないことを誓わせてから、杉山頼母は上意討ちの一件を、清兵衛に打ち明けた。

「そなたの無形流のことは、ここにいる大塚と、関所にいる諏訪三七郎から聞いた。頼むぞ」

「恐れながら……」

井口清兵衛は、伏せていた顔を上げた。

「そのお役目、余人に回してはいただけませぬか」

「何だ？」

杉山は険悪な顔になって、清兵衛をにらんだ。

「ことわると言うのか？」

「はあ、相なるべくは……」

「ばかめ。ほかにはひとがおらんから、こうしてそなたを呼んでおる。話を聞いて臆したか？」

「いえ」

清兵衛は首を振った。

「ただ、その会議は夜分でございまして……」

「それがどうした？」

と杉山は言った。

「非常の重職会議は、家臣下城後の暮六ツ（午後六時）からという慣例がある。それに日取りはもう決まって、変えることは出来ん」

「夜分はその、それがしいろいろと、のっぴきならぬ用を抱えておりまして……」

「女房に飯を喰わせたりする仕事であろう」

杉山は言ったが、そこでにやりと笑った。

「たそがれ清兵衛とかいうそうだな。飯を炊いたり、掃除をしたり……」

「ほかにも、女房の厠通いを介抱したり、暑ければ湯をわかして身体を拭いてやったりという仕事もあるらしゅうござる」

　大塚七十郎が、その後周辺から聞きあつめたらしい話をつけ加えた。

「ふーん、それは大変じゃ」

　杉山は笑いをひっこめて、しみじみと清兵衛を見つめた。

「女房は、そなたが帰るまで、尿を我慢して待っておるのか？」

「はあ」

「それはよくない。身体にごくわるい」

　家老はつぶやいたが、やがてやっと話を本題にもどした。

「しかし、そなたに命じておることは藩の大事じゃ。女房の尿の始末と一緒には出来ん。当日は誰か、ひとを頼め」

「ご家老、その儀はお許しねがいます」

　清兵衛は畳に額をすりつけた。

「余人には頼みがたいことでござります」

「何を言うか。女房にもよく言い聞かせて、近所の女房でも頼めば済むことではないか」

　杉山は威丈高に言ったが、そこで声の調子をやわらげた。

「清兵衛。このことが首尾よくはこんだら、加増してつかわすぞ」

「……」

「いまの役目に不足があれば、好む場所に変えてやってもよい」

それでも清兵衛がむっつりとうかない顔をしているのをみると、杉山頼母はさらに機嫌をとるようなことを言い出した。

「清兵衛、申してみろ。何かのぞみがあるだろう。かなえてやるぞ」

「べつに……」

「べつにということはあるまい。女房は労咳だそうだが、さしあたり女房の病気がなおることなどは、のぞんでいないのか?」

清兵衛が、はじめて眼を上げて家老の顔をじっと見た。その顔に、杉山はうなずいてみせた。

「医者は誰だ?」

「久米六庵と申す町医でござります」

「久米というのは、評判はどうじゃ?」

家老は、そばに坐っている大塚七十郎の方に、身体をかたむけてささやいた。

「藪でござる」

大塚がささやき返すと、家老は咳ばらいして清兵衛にむき直った。

「久米というのは藪じゃ。あの男に頼っておったのでは、女房の命は助からんぞ」

「……」

「わしの屋敷に出入りしている辻道玄に、一度診させよう。道玄は名医だぞ。労咳などは、手もなく直す」

その話は清兵衛の気持をとらえたようだった。しかし、当日の夜をどうする？という思案で、清兵衛は天井をむいて大きな口をあけたりとじたりしている。

「ご家老、こうされてはいかがですか」

大塚七十郎が助け舟を出した。

「井口は、その日は一たん家にもどります。重職が参集して、会議がはじまるのはおよそ六ツ半（午後七時）近くになりましょうゆえ、それまでに家の始末をして、いそいで城にもどるというのは、いかがですかな？」

「それならば……」

清兵衛が、ほっとしたように言った。杉山頼母は、なんとなくかすかな不安をおぼえながらも、不承不承にうなずいた。

「よかろう。ただし時刻に遅れてはならんぞ。井口が間に合わぬと、計画は水の泡となるからの」

五

杉山頼母の予想したとおりとなった。中立とみられている早坂瀬兵衛、関五郎左衛門の旧執政、組頭東野内記は動かず、会議は堀派がわずかに優位を保ったまま膠着している。

堀と能登屋の癒着ぶりをあばいたぐらいでは、大勢が大きく反堀派に傾くまでには至らなかった。さすがに能登屋の土地買い、堀の豪遊などは、はじめて耳にした者もいるらしく、杉山頼母が発言している間にも、座中から鋭い憤慨の声が上がったが、しかしその声も、堀が持ち前の太いだみ声で、ひとつずつ反論を加えると静まった。

「能登屋を用いたのが悪いような申され方だが、ほかに凶作後の藩の台所を賄う手段がおありだったかの？　あったはずはない。お忘れになっては困るぞ。藩は能登屋の金力で救われたのじゃ」

堀は言いにくいことを、ずけずけと言った。聞いていて顔をしかめた者もいたが、堀の言っていることは事実だった。

「能登屋は商人じゃ。利を喰わせねば動かぬ。潰れ地を能登屋に買わせるのには決断が要ったが、なに、潰れ地を村の共同耕作にというのは、もともと藩の建て前の押しつけ過ぎでな。村方では非常に迷惑しておった。潰れ地の処分は、能登屋も喜び、村方も喜び、かたがた藩もそこで能登屋に恩を売ることになるゆえ、わるい仕方ではなかった」

「しかし……」

寺内権兵衛が反論している。

「あまたある領内の商人の中で、能登屋一人が、藩の庇護で肥え太る形になるのは、いかように弁じようとも感心出来ぬ」

「なに、心配することはない」

堀は顔にうす笑いをうかべた。

「肥え太らせた能登屋から、藩は金を吸い上げればよい。それとも権兵衛、どこぞの商人から、それでは困ると苦情でも来ておるかの？」

さて、ここであの一件を出すべきだ、と杉山頼母は思った。政策論議は、結局は水掛け論になるのだ。だが、堀が和泉守を脅迫し、藩主交替の内約を取りつけて帰国したあと、ひそかに与五郎さま擁立の準備に動いていることをぶちまければ、取り澄ました顔で垣の外にいる旧執政たちも、動揺せずにはいられまい。うわさに聞く堀の専横というものがどういうことなのか、その実態を、彼らは眼の前にみることになるのだ。いまがその攻撃をしかけるときだった。

だが、井口清兵衛がまだ来ていなかった。懸念したとおりだと、杉山は内心舌打ちする気持である。時刻はすでに五ツ（午後八時）を過ぎていた。当然もどっているべき時刻に、まだ姿を見せないのは、病妻の介抱とやらに手間取っているのだろう。

——女房の尿の始末か、ばかめ！

杉山頼母の頭が、かっと熱くなる。いまが藩主家に対する不遜な容喙ぶりを暴露して、堀の長年の専横にケリをつける最後の機会だった。だがその攻撃の詰めには、井口清兵衛が必要なのだ。

あばき立てるぐらいでは、狡猾な堀は逃げる。逃げて、逆にこちらを断罪しにかかるだろう。井口の上意討ちの用意がなければ、うかつに切り出せる話ではない。

――やつめ。

一藩の危機と女房の病気の、どちらを大事だと思っているのかと、杉山は胸のうちにある井口清兵衛の馬面に罵り声を浴びせたが、あの清兵衛なら、どっちとも判じかねると首をかしげるかも知れないと思うと、苛立ちはよけいに募って来た。

「豪遊というほどでもない。ただ酌取り女を呼んで、酒を飲んだだけ……」

細井という、ずっと昔に中老を勤めたことのある自派の老人と、堀は問答をかわしているが、むろん馴れ合いの問答だった。堀は道化て言った。

「その酌取りたちが、ちと美人に過ぎたきらいはある」

迎合するようなしのび笑いが、座の中に上がった。むろん笑ったのは、堀派の人間だろう。重職会議の席には弛緩した空気がひろがった。その様子を、すばやく見てとったらしい。堀将監がだみ声をはり上げた。

「これで、それがしと近ごろの藩政の行き方にかけられた不審も、大方は晴れたかに存じる。さて、身の不徳ということもあろうゆえ、十分につつしむが、政治の表に立って指図する身は、どうしてもあらぬ不審を蒙る。よかれとはからって悪しくとられることが多い。そのあたりのことは、本夕お集まりの諸公は十分にご承知のことと思うゆえ、今後とも寛容なご判断をこいねがいたいものでござる」

堀は会議を、抜け目なく自派強化の宣伝の場に使っていた。とくとくと述べ立てると、その眼を、重職会議を招請した杉山、成瀬両家老にじろりと向けて来た。つめたい眼だった。

「夜も更けるようだ。いかがかな。年寄も多いことゆえ、会議はこのあたりで切り上げては？」

「お待ちあれ。いま一項の不審がござる」

と杉山が言った。杉山は成瀬忠左衛門、寺内権兵衛とすばやく眼を見かわした。

井口清兵衛はまだ姿を見せていないが、ここで会議を散らしてしまえば、反堀派の敗北だった。このあと堀は、必ず報復の人事を発動して、杉山たちを執政職から追放することはあきらかだった。

——堀を弾劾している間に……。

清兵衛が間に合わぬものでもない、と杉山頼母はその一点に賭けた。だが、清兵衛が間にあわねば、おそらくは負ける。

杉山は背をのばした。総身を、吹き出した汗が濡らすのを感じている。蒸し暑い夜なのに、汗はひどくつめたかった。

「去ぬる四日に、堀どのは出府して江戸藩邸に参られた。殿のご病気御見舞いという名目であったが、事実は異る」

杉山は気迫のこもる声で、再び堀将監の弾劾をはじめた。ちょうど正面の席にいる堀が、そばの吉村喜左衛門と何事かすばやくささやき合ってから、険しい眼をじっと自分に送りつづけているのを感じたが、杉山はその視線をはね返した。

堀将監が、病弱の和泉守に藩主交替を迫ったという杉山の言葉は、その事実をまだ知らされていない反堀派、中立の旧執政だけでなく、意外なことに、堀派に数えられる人間にも衝撃をあたえたようだった。彼らにも、そこまでの秘事は十分に伝わっていなかったようである。会議の広間に、低いざわめきの声が生まれた。

わるくない雲行きになった、と杉山頼母は思った。ざわめきに負けずに、強く声を張った。

「将監どのに、専横の振舞い多しという言葉は、本夕この座にご出席あられている方々の、すべてが耳にされておることでござる。むろんご本人も含めてじゃ」

杉山は鋭く将監を見た。

「その専横なるものは、さきほど論じた近ごろの農政にも、能登屋の重用にも現われておるのだが、堀どのは巧みな遁辞をかまえて逃げられた。だがこの一件ではそううまくは運ぶまい。然り、おのおの方、これこそ堀どのの専横というものでござる」

「わしを陥れるために、奇妙なこしらえごとを言うものがいるようだ」

堀将監は肩を張って、一座をにらみ回した。そして杉山に眼をもどすと、いきなり怒号した。

「頼母、そういうからには証拠があろう。証拠を見せろ」

「証拠とな？」

と言ったとき、杉山頼母は広間の隅の襖をひらいて、ようやく井口清兵衛が姿を現わしたのを見た。

清兵衛の姿を見て、襖ぎわにひかえていた堀の護衛人北爪半四郎が、すばやく立って清兵衛に近づいて行ったが、その北爪を、清兵衛は軽く両手を挙げて制した。妙に貫禄のあるしぐさだった。清兵衛はそのまますたすたと重職が集まっている上座に来ると、寺内権兵衛の背後にぴたりと坐った。これでよいと杉山は思った。

はじめは何事かと、眼を挙げて清兵衛を見た者がいたが、清兵衛が寺内の幅広い背の陰にかくれ、寺内が振りむいて、二言三言何か言うのをみると、興味を失なったように、眼を上座に移した。そこで、堀将監が怒号していたからである。

「半沢作兵衛が、そこにおる杉山の股肱だというのは、藩内誰知らぬ者もない事実。その作兵衛の手紙が、どうだというのだ？　そんなものは証拠にはならぬ。役にも立たぬ鼻クソのたぐいだ」

「しからば、堀将監どのにうかがいたい。ここに、江戸の殿から直接に頂戴した御書付けがござる」

杉山頼母は、懐から奉書紙に包んだ手紙を出した。それを見て一座が、しんと声を失なった。

「中身は、作兵衛の手紙が書いてよこしたことを、まさに裏書きされている御手紙だが……」

「……」

「ここで読み上げてもよろしいか、堀どの」

「罠だ」

堀将監がわめいた。顔面蒼白(そうはく)になっていた。

「罠を仕かけて、それがしを陥れようとする、よこしまな企(たくら)みがあるとみえる」

堀は一座を見回したが、堀派の多くは顔を伏せ、ほかは一様につめたい眼を堀将監にそそいでいるだけだった。

「堀将監どの、落ちつかれよ」

それまでずっと沈黙していた重職の中の最長老、旧執政の早坂瀬兵衛がはじめて声を出した。日ごろの日和見(ひよりみ)老人が、鋭い眼で堀を睨(ね)めつけている。

「杉山家老の申すことが事実なら、事はあまりに重大。吟味はこれからじゃ。なに、まだ夜更けたというわけでもあるまい。年寄に気をつかうことなど、さらさらない。じっくりと事の真相をうかがいたいものである」

「お言葉だが、前(さき)のご家老……」

堀は木で鼻をくくるような返事をした。

「ひま年寄には面白いかも知れぬが、それがしはこの会議、甚(はなは)だ気にいらぬ。失礼だが、これにて家に罷(まか)る。ただし……」

堀は険しい眼を、杉山頼母に投げて来た。

「この始末、いずれはつけるつもり」

「堀どの」

立ち上がろうとする堀を、杉山がはげしく制止した。

「会議はまだ終っておらぬ。中座はお慎みありたい」

「邪魔するな」

堀が咆えた。立ち上がって部屋の入口にむかおうとする。そのときには、杉山の目くばせを受けた井口清兵衛が、風のように人びとの背後を走り抜けて、堀の背に迫っていた。

清兵衛は、ひと言堀に声をかけた。振りむいた堀が小刀に手をかけるところを、清兵衛は抜き打ちに斬った。軽やかな太刀さばきに見えたが、その一撃で堀は横転した。

人びとがどっと立ち上がり、襖ぎわにいた北爪半四郎が刀の柄を押さえて疾走して来た。

「静まれ、座にもどれ」

同じく立ち上がった杉山頼母が叫んだ。杉山は頭上に和泉守の手紙をかかげ、ひらひらと旗のように振った。

「上意討ちである。いま、読んで聞かせる。聞かねば討ち果して苦しからず、と殿は仰せられておる。ほかに刀を抜いてはならぬ。抜けば、私闘と見做すぞ」

六

町はずれにさしかかると、空の青さが一どきに視界にひろがって来る。風もなく、南の空をわたる日は、快いあたたか味を皮膚に投げて来る。

井口清兵衛は、手に風呂敷包みを二つさげていた。ひとつには梨、柿など、昨日のうちに買いもとめておいた季節の木の実が入っている。もうひとつの荷物には、この前の非番のときに持ち帰った洗い物と、辻道玄にもらった薬が入っている。

城下から小一里ほどはなれたところにある鶴ノ木の湯宿に妻女が養生に行ってから、四月ほど経つ。家老の杉山頼母の世話だが、辻という医者の薬も効いたらしく、妻女はいくらか元気になった。ひと月ほど前に見舞ったときは、部屋の中を立って歩けるほどになっていたのである。

転地の宿を世話してもらい、医者の薬をもらい、妻女の日常の世話は宿の者の手をかりず、家老屋敷に出入りしている地元の百姓の女房にやってもらっているが、清兵衛は約束だからかまわないと思っている。

堀が誅殺されたあと、藩には政変があって、堀派は要職から一掃された。杉山頼母は筆頭家老にのぼり、寺内権兵衛は中老になった。左遷された者はそれぞれ呼び返されて要職につき、郡奉行大塚七十郎は郡代見習となった。不思議なことに、能登屋万蔵には何の咎めもなく、藩とのつながりはそのままつづくことになったようだったが、それはともかく、ほかは堀派の没落と引きかえに、何らかの富と名誉を手に入れたのである。

杉山頼母は、政変のいそがしい中にも、忘れずに辻道玄をさしむけて来て、なおほかにのぞむことがあれば、この際だ、言えと言ったが、清兵衛は固辞して、妻女の養生についての援助だけを受けることにしたのである。実際に、ほかにはさほど、望むものはなかった。

清兵衛は、足どり軽く町はずれの橋をわたった。そのあとは、道の左右に数軒の百姓家があるだけで、そこを抜けると道は野道になった。取り入れが終った田圃がひろがり、その背後に、これから行く山が日を浴びている。

だが、その野道を、いくらも行かないうちに、清兵衛は足をとめた。しばらく黙然と立っていたが、やがて風呂敷包みを下に置いて、刀の下げ緒をはずした。

道ばたに小祠があって、ひとつかみほどの木立がその上を覆っている。その堂の陰から、道の上に出て来た者がいた。北爪半四郎である。ほかには人の姿も見えない道に立ち塞がった半四郎を、清兵衛は黙って見つめた。北爪が、そなたを狙っているといううわさがある、気をつけろと杉山家老に警告されていたのを、清兵衛は思い出している。

少しずつ半四郎が近づいて来た。五間の距離に来たとき、半四郎は刀を抜いたが、清兵衛はゆるやかに足をひらいたまま、佇立をつづけている。半四郎がすべるように走って来た。まったく無言のまま、ただ一合、二人は斬り合った。一撃で北爪半四郎は地面にのめっていた。

――とどけねばなるまい。

清兵衛は荷物をひろい上げて、川までもどった。そこで刀身についている血を洗い流しているうちに、ふとべつの考えがうかんだ。とどけ出れば、そのまま役所にひきとめられ、訊問をうけて、非番はお流れになるだろう。

清兵衛は、丁寧に刀を拭いて鞘におさめると、荷物を下げたまま、そこから見える下流の水門小屋に歩いて行った。水門小屋に勤めるのは普請組に属する小者である。梨のひとつもやって、街道にひとが死んでいると、杉山家老までとどけさせるつもりだった。死んでいるのが北爪とわかれば、杉山は事情を察し、すぐに処置するだろう。

およそ四半刻（三十分）後、井口清兵衛は鶴ノ木の湯村のはずれにさしかかっていた。村はずれの松の木の下に、女が一人立っている。じっとこちらを見たまま動かない、その白っぽい立ち姿が、妻女の奈美だとわかるまで、さほどにひまはかからなかった。

「ひとりで歩けたのか？」

「はい、そろそろと……」

妻女は明るい笑顔を見せた。その顔に艶がもどっている。では、行くかと言って、清兵衛は妻女の足に合わせ、そろそろと湯宿にもどる道をたどった。

「しかし、ここにいるのも、雪が降るまでじゃな」

「はい。家が恋しゅうござります。それに、少し……」

「何じゃ？」

「はい。もったいないことですが、少し美食に飽きました」

「それなら家にもどるしかないの。おのぞみの粗食をつくってやるぞ」

清兵衛は面白くもない顔で、冗談を言った。

「また、雪が消えたら、来ればいいだろう。辻という医者どのに相談してみよう」

「おまえさま、雪が降るまでには、すっかり元気になるかも知れませんよ。はやく、ご飯の支度をしてさし上げたい」

「無理することはない。じっくりと様子をみることだ」

と清兵衛は言った。道が濡れてぬかるんでいるところがあったので、清兵衛は妻女の手をとって、その場所を渡した。小春日和の青白い光が、山麓の村に降りそそいでいる。

うらなり与右衛門

一

うらなりという渾名(あだな)はむろん、三栗(みくり)与右衛門の顔から来ている。色青白く細長い顔をしめくくって、ご丁寧にあごのところがちょいとしゃくれている。誰しもが無理なくへちまのうらなりを連想するゆえんである。

もちろん急にそういう顔になったわけではなく、与右衛門のうらなりづらは生まれつきである。与之助といった子供のころは、ずいぶんうらなりうらなりと嘲(あざけ)られた。大人になると、さすがに面とむかって嘲る者はいなくなったが、陰でそう渾名していることは、ひょいと顔を合わせたときの相手のどことなく気まずそうな、あるいは笑いをこらえるといった無躾(ぶしつけ)な表情でそれとわかる。

それも当然で、大ていの者には子供から大人になるときに一度面変(おもがわ)りがおとずれるものだが、与右衛門の顔には小うらなりが大うらなりに育ったほどの変化しか現われなかったのである。

与右衛門の実家内藤家の父母は、そういう与右衛門をひところかなり心配したようだった。与右衛門は内藤家の三男二女の中の次男で、いずれは他家に婿入(むこい)りする身分である。男だから顔を気にする必要はない、と言っても、おのずから限度というものがある。与右衛門のうらなりづらには、わずかにその限度からはみ出したところがあった。

「顔の長いのは、わしに似たのだ」

と父親の次郎兵衛が言った。

「しかし、わしのは馬づらでな。それに与之助のように生っちろくはない」

「色の白いのは母親似でしょうよ」

と母親は言った。

「わたくしも、子供のころからいくら日にあたっても日焼けしないたちでしたから。それにしても、あのしゃくれ顔がねえ」

「やはり婿入りの障りになるかの」

「決して、よい方には数えられますまい」

と言って、母親はため息をついた。

「いったい、どなたに似たものでしょうね」

「さて、心おぼえはないが、ご先祖にああいう顔がいたかも知れんて」

与右衛門が婿入りの年齢に達したころ、内藤家では両親がよく深夜にひそひそとそういう話をかわしたものである。内藤家は作事方（さくじかた）に勤める六十石の家で、長く部屋住みを養っておくゆとりなどはなかったから、その会話はおのずから真剣味を帯びた。

ところが、案に相違して、与右衛門の婿入りはごく順調にすすんだのである。

三栗多加は三栗家のひとり娘だが、ひとり娘にありがちなわがままも甘えも持ちあわせず、少々勝気だが聡明な女性だった。三栗家に与右衛門の縁談を持ちこんだ者は、親たちとも娘の多加とも懇意だったので、隠さずに与右衛門のうらなりに似た顔のことを話した。むろん藩校での学業のことや、城下の金助町にある無外流の道場の高弟であることなども大いに売り込んだが、肝心の顔のことを言わないではあとで仲人口と譏られようと思い、またそのことを話してととのわない縁談なら仕方ないとも思っていたのである。

だが三栗家の人びとは、与右衛門のうらなりづらにはあまり関心を示さなかった。もっぱら与右衛門の人柄と無外流の剣の腕前について根ほり葉ほり質問を浴びせた。三栗家は百石で代々右筆を勧めて来た家だったので、新しく持ちこまれた縁談の相手が無外流の高弟だということを、かえってめずらしがったようであった。

「そういう顔つきの男なら、粗暴ではあるまい」

と多加の父親が言った。数日して頭巾に深く顔をつつみ、女中を供に連れた多加が、金助町の道場を外からのぞきに行った。そういうことでは、多加は果断なところがある女子だった。そしてその縁談は難なくまとまったのである。

三栗家の両親も多加も、見かけには惑わされずに、与右衛門の一番の美質、つまり婿むきの温和な人柄とか、無外流の剣の腕前とかを買ったということになるだろうが、世間はそうは見なかったようである。思いがけない男が、思いがけない幸運をつかんだように評判した。

ひとは他人の美を見たがらず、むしろ好んでその醜を見たがるものだからでもあろう。与右衛門はそのころもまだ与之助と言っていて、与右衛門は婿入りして家督をついだときの改名なのだが、与右衛門に先を越された婿入り志望の仲間たちなど、露骨に「うらなり与之助が、うまいことをやりおった」などと言ったものである。行先が百石の家で、相手がまた美人というほどでなくとも十人並みの容貌を持つ初々しい娘だということになれば、妬ましくてそのぐらいのことは言いたかったであろう。

もっぱら、あのうらなりのどこが気に入ったのだといきり立ち、与右衛門の無外流の腕前と縁組みを結びつけて考えた者などは一人もいなかった。

当時にしても、その程度である。十年後のいま、家督をついで城勤めにはげんでいる与右衛門をみても、大方のひとはうらなり顔にこそ多少の関心を示すものの、むかしの無外流を思い出すことは、まずない。三栗与右衛門は、その容貌のゆえに多少ひとに軽んじられている、ごく目立たない右筆勤めの一平藩士に過ぎなかった。

その三栗与右衛門に、突然に艶聞めいたうわさが立ったのは季節が梅雨に入ったころである。与右衛門が、もとの上役の寡婦と通じているのを見かけた者がいる、といううわさだった。

「ほほう、あのうらなりどのがのう」

うわさを耳にした者たちは、何となく滑稽なことを聞いたというふうにうすら笑いを洩らした。しかし、むろん事が笑い話で済むと思ったわけではなかった。

二

そのうわさは、城でささやかれてから二日ほど経って、与右衛門の家にもとどいた。その日下城して来た与右衛門は、何となくうかない表情の妻にむかえられて、それと察した。

はたして、多加は与右衛門の着換えを手伝い終ると、ちょっとここにお坐りになられませと言った。多加はふだん、家つきの娘を鼻にかけるような女ではないが、そう言った声は与右衛門の耳にやや権高に聞こえた。二年前に父親が病死してから、多加には心の底でひそかに気を張っているようなところがみえ、いまもそれが声に出たようでもある。

与右衛門はおとなしく妻の前に坐った。

「樋口のお米さまがみえられました」

多加は、親戚の女の名前を言った。

「お前さまの身辺にいま、おかしげなうわさが立っているのだそうでございますね」

と言いながら、多加が改めてしみじみと夫の顔を眺めたのは、樋口米にも言ったように、夫の顔とうわさの中身があまりにかけはなれていると思うからである。

げんに多加は、樋口米にその話を聞いたとき、まさかと言うなり笑い出して、不謹慎なと叱られたのだ。そのときのことを思い出して、多加は思わずにやりと笑った。

「艶聞が立つとは、めずらしいことでございますこと」

「……」

「何かの間違いではありませんか、とお米さまには申し上げました。わたくしはお前さまがそのようなことをなさるお方でないことを信じておりますから」

「……」

「しかし、お前さまも男……」

と言ってから、多加は急に不安になった。眼の前にむっつりとおし黙って坐っている夫が、多加自身に二人も子供をさずけたりっぱな男であることを思い出したのである。

多加は切口上になって言った。

「とにかく事実をうけたまわりましょう。土屋さまといったいどのようなことがおありだったのですか」

「うわさのようなことは何もない」

と与右衛門が言った。

「だが、さように誤解されるような出来事はあった」

「まあ」

多加は眼をみはった。

「おっしゃいまし。何があったのですか」

「あわてるな。いま申す」

と言ったが、与右衛門はあのことがいったい、誰からどのようにして外に洩れたのかと、いくら考えても不審でならなかった。

右筆支配頭の土屋采女が病死したのは二年前であるが、公務中の急病死だったために、藩は十歳の新太郎に跡目をつがせただけでなく、そのあとも何かと土屋の遺族を優遇した。

その日、与右衛門が下城の途中に油町の土屋家に立ち寄ったのも、新しい支配頭の服部三左衛門に命ぜられてとどけ物をするためだった。とどけ物の中身は、藩主から下された江戸下りの菓子だった。

この春、参覲のために江戸にのぼる直前になって、持参する書類の不備が発見された。月番家老の思い違いから起きたことで、右筆組には責任のないことだったが、この偶発事のために、国元の右筆全員が一夜登城を命ぜられて、夜通しで書類を書き換えることになった。

藩主は、そのときのさわぎを忘れずに、江戸から右筆組にあてて慰労の菓子を送って来たのだが、律儀な服部は、こういう名誉なことはめったにあるものでないから、とその菓子を右筆組に籍がある土屋家にも裾わけしたのである。

それだけの用件だった。しかし、一片の菓子といっても藩主からの下され物なので、玄関で手渡すわけにもいかず、与右衛門は土屋家の寡婦以久にすすめられるままに上にあがり、茶を一服喫した。

と言っても、長居をしていい家ではない。与右衛門は茶を喫し終ると早々に辞去の挨拶をのべて、膝を立てた。事件は、二人が玄関までもどったときに起きた。見送りで式台に膝をついていた以久が、突然に背を曲げて苦痛の声を洩らしたのである。

「あれじゃよ。そなたもよくやる、急なさしこみだ」

「まあ、まことですか」

多加は疑わしげな眼で、与右衛門を見た。

「わしが嘘（うそ）を言うと思うか」

「いいえ。ただあまりにつごうのよいときに、さしこみが起きたように思っただけでございますよ」

多加は釈然としない顔つきでそう言ったが、その話の真実味と夫のうらなり顔を秤（はかり）にかけ、どうも話の方に分があると思ったか、あとを催促した。

「それから、どうなさいました」

与右衛門はおどろいて、家の奥に声をかけた。だが、誰も出て来なかった。あとでわかったのだが、奥には病身の姑（しゅうとめ）が臥（ふ）せているだけで、折悪（おりあ）しく老僕と女中は別々に町に買物に出ていて留守、息子の新太郎は小柳町の一刀流の道場に稽古（けいこ）に行っていて、これも留守だったのである。

やむを得ず、与右衛門はいったん降り立った土間から式台に上がると、背をまるめて苦しんでいる以久の背後に回った。

「あれを、やってさし上げたのですか」

多加はおもしろくない顔をした。子供二人を産んでから、多加も癪持（しゃくも）ちになった。時どき脂汗を流すようなさしこみが来て苦しむ。

そういうとき、そばに与右衛門がいると背中を押して看病してくれるのだが、ツボを心得ているというのか、その指圧がよく利いた。利くと言われて気をよくしたのか、与右衛門も多加にさしこみが起きるといそいそとうしろに回り、「やっ」、と気合をかけたりして看護にこれつとめる。

だが多加に言わせれば、それは夫婦の間の秘密の行為めいたものである。いくら指圧がうまいと言っても、夫がよその女の身体に手をかけたと思うといい気持はしなかった。それがただ、背中を押すだけとわかっていてもである。土屋家の寡婦以久、齢は多加より十近くも上だが、三十半ばにしてまだ美人の名が高いというのも気にいらなかった。

「人助けだ。やむを得ん」

「ほんとにそれだけでございましょうね」

「あたりまえだ」

「しかし、そのような評判が立ちましては、お前さまも無事では済みますまい」

「いずれ、上の方から糾問があるだろう」

と与右衛門は言った。

「こういうことは、弁明してもなかなか聞かれぬものだ。あるいは多少の咎めがあるかも知れぬが、覚悟しておけ」

そう言ったが、与右衛門はそこで深々と首をかしげた。

「しかしどう考えても不思議だ」

「何ですか」

「土屋の後家どののさしこみは、じきになおって、わしは早々にあの屋敷を出たのだが、その間にも後家どののほかには誰にも会っておらんのだ」

「召使いは？　もしやもどっていたのではありませんか」

「いや、もどらなかった。はて、どこから洩れたか、不思議でならぬ」

「ほかに誰にもお会いにならなかったとなれば、洩れるところは決まっているのではありませんか」

「……？」

「以久どのでしょうよ」

「まさか」

と与右衛門は言った。

「ご自分の恥になるようなことを、ほかに洩らすはずはあるまい」

「どう話したかはわかりませんよ。そこはご本人にたしかめてはいかがですか」

三

だが、三栗与右衛門はそのことを土屋家の寡婦にたしかめる機会がなかった。翌日登城すると間もなく、支配頭の服部三左衛門ともども、月番家老の奥村長十郎の執務部屋に呼ばれて事情を聞かれた。それで済むかと思ったら、今度は下城の途中に大目付屋敷に寄るように指示された。

大目付の小出権兵衛の訊問は峻烈をきわめ、与右衛門はありのままの事実を陳述したが、小出は納得しなかった。与右衛門の知らない、密告のごときものを握っている様子で、小出権兵衛は最後に夜の五ツ（午後八時）に、支配頭服部三左衛門の屋敷まで出頭するようにと言って、ようやく与右衛門を放免したのである。そしてその夜のうちに、与右衛門は支配頭の屋敷で、服部三左衛門と徒目付立ち会いの上で小出権兵衛から二十日の遠慮という処分を受けた。

馬廻組の中川助蔵がたずねて来たのは、翌日の夜だった。遠慮は逼塞処分の一種だが、逼塞よりは内容が軽く、親戚や友人が家をたずねて来ても咎められないし、また頭巾で顔を隠すなど目立たない工夫をすれば、夜分に外に出ることも黙認される。

助蔵が来ると、与右衛門は多加に茶を言いつけて奥の客間に閉じこもった。

「二十日の遠慮だそうだな」

と助蔵が言った。助蔵はまだ二十五で、若々しい精悍な風貌をしている。小柳町の一刀流の道場の高弟だった。与右衛門とは剣の上で古くから交友がある。

「まずいことになった」

と与右衛門は言った。

「まずい」

と助蔵も言った。

「むこうの船の着く日が決まっているから、こっちは藤ノ津に行く日を変えるわけにはいかんのだ」

「至急に、わしの代りの男をさがすように、ご家老に言ってくれぬか」

「もちろん、もうさがしている」

助蔵は太い眉をひそめた。

「だが、腕が立って口が固く、しかも平松の息がかかっていない男というと、見つけるのに骨折る。今夜は、組頭に言われて、貴公に代役の心あたりがないかを聞きに来たのだ」

「さて」

と言って、与右衛門が長いあごをなでたときに、女中がお茶と干菓子をはこんで来たので、二人は口を閉じた。話していることは極秘の事柄だった。

二人がご家老と言っているのは、次席家老長谷川志摩のことである。志摩は、藩が幕府からすでに通告を受けている社寺修繕の国役の費用を工面するのに苦慮していた。費用は概算で二万両を越えるものと思われ、貯えが底をついている藩庫でまかなうことは思いもよらなかった。いずれどこからか新たな借金をしなければならないことはわかっていたが、志摩が苦慮しているのは、その借金先の選択である。

志摩がはじめて中老に就任したとき、藩は八万両の借財をかかえていた。しかもそのうち七万両は江戸商人からの借金で、またきわめて高利の借財であることが特色だった。藩はその外債にがんじがらめに縛られ、倹約令で浮かした金も、新田から上がって来た新しい年貢も、ことごとくつぎこんでもまだふえつづける借財の利子払いに喘いでいたのである。

長く藩政から遠ざけられていた名門の出である志摩の、執政としての仕事は、藩の借財を返済して領民の暮らしにゆとりをあたえることにしぼられた。志摩はそのためにあらゆることをやった。国元と江戸藩邸の掛かり費用を半分に減らす倹約を断行する一方で、これまで統一もなく細々とつづいていた漆、桑、青苧の栽培を、藩の事業として取り上げ、大規模栽培のめどが立つと、製品である水漆、蠟、青苧を積極的に他領に売りさばく道をつけた。一方、これも一部郷村の副業にとどまっていた養蚕を、領内一円にひろめて、立田織と呼ばれる古来からの絹布生産を復興させるなど、志摩が打ち出した新しい政策は、領内にようやく活気をもたらすようになったのである。

そういう努力が実って、志摩が執政府入りしてから八年目にあたる今年は、江戸商人からの借財は三万両を返却して残り四万両というところまで漕ぎつけたのである。さきの見通しは明るいと思っていた矢先に、二万両の出費を見込まざるを得ない国役の内示を受けたのである。

当然借金をしなければならない。藩に金を貸している江戸商人は美濃屋吉兵衛、白子屋儀左衛門、伊勢屋房之助の三人だった。いずれも江戸藩邸出入りの御用商人たちだが、彼らは、高利貸でもあった。当然、長いつき合いの彼らに、このたびもご用を仰せつけるべきであると強く主張する者がいた。筆頭家老平松藤兵衛の一派である。

長谷川志摩は、倹約令を断行し、産業を興し、借財の返済に手をつけて領内に活気をもたらしたが、藩政の改革とも言うべきその動きは、これまで三十年の長きにわたって藩政を牛耳って来た、平松派の勢いをそぐことになった。

平松家は、先代の藤兵衛が志摩の父長谷川杢助との政争に勝って、権力をひとり占めしてから二代にわたって筆頭家老を勤めて来た。平松一派の勢力の源泉は、江戸の美濃屋以下の御用商人との結びつきにあった。彼らから高利の金を借りてやることで美濃屋以下の財を太らせ、見返りとしてとどけられる賄賂をばらまいて、藩内の勢力を強固にするというやり方で、長い間両者は癒着して来たのである。

志摩の政策は、平松一派の自派本位の借金政策を根底から打ちこわすものだったが、ひさしぶりに名門から復活した志摩には、支持者が少なくなかった。平松派は手をこまねいて、自派の力の根元である資金源が瘦せほそって行くのを見守るしかなかったのである。

そこに降って湧いたのが国役だった。二万両の借金は簡単に出来ることではない。長谷川志摩も結局は美濃屋たちに頼るほかはないだろうと平松派は読み、会議がひらかれるたびに志摩に圧力を加えはじめたのである。

だが、長谷川志摩はべつの筋からの借金を考えていた。志摩は平松派が主張する江戸商人から金を借りることになれば、これまでの努力が水の泡になると思っていた。借金先は少なくとも、美濃屋以下の江戸商人より低利で貸してくれるところを選ばねばならない。

志摩が極秘に借金の交渉を持ちこんだのは、京都商人の安達惣右衛門である。惣右衛門は藩の京都屋敷の出入り商人であるだけでなく、藩の青苧を奈良晒の産地に売り込んでくれた功労者でもあった。

安達惣右衛門は、二万両の借財申し込みに内諾の返事をよこした。利息は江戸商人たちの半額に近い低利である。長谷川志摩の肚はそれで決まったが、問題は正式の契約をどういう形で取りかわすかだった。

惣右衛門は、自分か息子の清次郎かが直接に志摩に逢って、融通金の約定と返済の時期、方法などについての取決めを行ないたいと言って来た。二万両という金の貸借となれば、惣右衛門の申込みは無理からぬものがあったが、志摩は平松藤兵衛の妨害の手が入ることを恐れた。

むこうから惣右衛門、あるいは清次郎が来ることも、こちらから志摩の代理の重職が京まで出むくことも、どちらも危険だった。洩れれば、平松派は自派勢力の衰退につながる事柄として、おそらく手段をえらばない反撃に出て来ることが予想されたのである。契約が済むまでは全く秘密裡に事をはこび、契約が終ったところで会議を召集して一気に発表するという形が好ましかった。

そのような双方の間の隠密のやりとりの末に、商用で津軽まで行く安達惣右衛門が、藤ノ津で船を降りて一泊するその夜に、志摩に会って手早く契約をかわすという手順が決まったのである。

期日は五月十七日。その夜、長谷川志摩は三栗与右衛門と中川助蔵の二人に護衛されて、小舟で馬曳川を藤ノ津まで下り、安達惣右衛門に会って帰りは馬で城下にもどることになっていた。お膳立てをしたのは、志摩の股肱の組頭本多権六である。

その五月十七日を五日後にひかえて、与右衛門が遠慮処分を受けてしまったのだった。

「ところで……」

中川助蔵は、少しバツ悪そうな表情で与右衛門を見た。助蔵は家督をついでいるがまだひとり身。一方与右衛門は三十二で二人の子持ちである。七つも齢のひらきがある年長者に、いまささやかれているうわさの真偽をたしかめることに、助蔵は若者らしい羞恥心をおぼえるふうでもあった。遠慮がちに言った。

「事実は、どういうことなのだ」

「とんだ濡れ衣よ」

与右衛門は言って、長いあごをなでたりつまんだりしながら、妻の多加に話したことを助蔵にも話して聞かせた。

「はて、奇妙」

聞き終ると、助蔵は言った。

「まさか、土屋の後家どのがわざわざそういうことを触れ回るとも思えぬし、やはり、誰かに見られたのではないかな」

「わからん」

「平松の策謀ではあるまいな」

　突然に助蔵が言った。

「むこうの派の伊黒半十郎が、たしか土屋の親戚だぞ」

「伊黒が……」

　与右衛門はあごをひき、それは知らなかったと言った。伊黒半十郎は生粋の平松派で近習頭を勤め、羽振りのいい人物として知られている。江戸で東軍流を修行し、若いころはそちらの方で高名だった人物でもある。

「しかし、後家どののさしこみは、あれは芝居じゃないな、助蔵」

「そうか、考え過ぎか」

「下され物の菓子をわしが持って行くことも、急に決まったことだ。護衛からおれをのぞくために、そんな芝居を打ったとは思えん」

「なるほど」

　助蔵は苦笑したが、茶をひと口すると真顔にもどって言った。

「さて、組頭にどう言おうか？」

「明後日の晩、もう一度来てくれぬか。それまでに、金助町の方をあたってみる」

四

金助町の杉村道場に、与右衛門がかねて眼をつけていた白井甚吉という門人がいた。あるとき金助町を通りかかったついでに、道場に立ち寄って後輩の稽古を眺めているうちに、技に派手さはないものの、無類に受けに強い剣を使う若者が、与右衛門の注目をひいた。それが白井甚吉で、普請組で三十五石をもらっている白井家の末弟だった。

与右衛門は、下男の定平を道場まで使いにやると、内密に甚吉を家に呼んだ。聞いてみると、白井甚吉ははたして、いまは杉村道場で次席を勤めていることがわかった。甚吉が長谷川派と平松派の区別も知らないことをたしかめてから、与右衛門は家老の護衛の一件を打ち明けた。

「わしのかわりに頼まれてくれぬか」

「……」

「うまく仕とげたら、ご家老に申しあげて何か褒美を考えてもらうことにしよう」

「……」

「どうだ、気がすすまぬか」

「……」

「いやならいやだと言え。貴様ならと見込んだが、無理にとは言わん。ただし、よそには洩らすなよ。家の者にも言ってはならぬ。もし洩らしたことがわかったら、ただでは済まさん」

「いや、やります」

白井甚吉は、与右衛門のうらなりづらにうかんだ一瞬の殺気に恐れをなしたように言った。

「光栄です。ただ……」

「ただ、何だ？」

「真剣を使ったことがないもので。そういうことになるでしょうか」

「さあ、大丈夫とは思うが、その心配がなきにしもあらずだから護衛につくのだ。覚悟はしておけ」

「はあ」

「刀を抜いたことがないのか。われわれが若いころは、度胸だめしに野原で野犬を斬ったりしたものだが、近ごろはそういうことはやらんのか」

与右衛門は、何となく心もとないような気がしてそう言ったが、しかし白井甚吉ほどの腕を持つ男は、ほかに心あたりがなかった。

翌晩に中川助蔵に引き合わせることを決めて、与右衛門は帰る甚吉を裏口まで見送りに立った。遠慮は、閉門とは違って門扉に竹を打ちつけるようなことはしないが、終日門は閉じておく定めなので、ひとは裏から出入りする。

挨拶する甚吉に、与右衛門はふと思いついて言った。

「十七日までは、身辺に気をつけろ。ここに出入りしたことが知れると、貴様も平松の方に狙われる恐れがあるからな」

しかし白井甚吉にそう言ったとき、与右衛門はそれほど本気で警告したわけではない。長谷川家老がやろうとしていること、その家老を護衛することは、秘中の秘で知る者はごく限られていた。外に洩れているはずはないと確信していたが、甚吉を計画に引きこんだことで、わずかに生じた不安感にうながされて、念には念を入れたというようなものだった。

しかし、そのとき与右衛門の胸をかすめた不安感は、ほかでもない、十七日の当夜になって一挙にふくれ上がったのである。

その夜、夜食を済ませたばかりの三栗家の裏口に、客がおとずれた。思いがけない土屋以久だった。外は雨が降っているらしく、以久は頭巾を目深にかぶり、濡れた傘を手にして立っていた。若い召使いが一緒だった。

「どうぞお上がりくださいまし」

頭巾をとった以久の顔を見て、多加は仰天して言った。とっさには、以久の訪問の意図がつかめなかったのである。

「三栗さまがこのような処分をお受けになっているなどとは露知らず……」

客間に通って、与右衛門とむかい合った以久が言った。

「今日になって、よそから耳にしまして矢も楯もたまらずおうかがいしたのです。わたくしのために、とんだご迷惑を……」

と以久は言い、茶菓をはこんで来た多加が部屋を出ようとしたのを引きとめた。

「このお話は、お多加どのにも聞いていただくのがよろしゅうござりましょう。ここに、しばらくお坐りなさいませ」

そう言った以久には、禄高三百石の元支配頭の妻女の貫禄があらわれた。多加は下座にいる与右衛門のうしろに坐った。

「三栗さまからまことの事情はお聞きになったと思いますが、うわさされた事柄が事柄でございます。わたくしの口からも、お多加どのに申し上げる方がよろしいでしょう」

以久はそう前置きすると、淡々とした口調でその日の出来事を話した。多加は耳を澄まして聞いたが、夫から聞いた話と喰い違うところはなかった。

「生憎のときに出たわたくしの持病を見かねて、この家の主どのが介抱してくれただけのことですよ、お多加どの。あなたさまも、どうぞ誤解などなされませんようにね」

「わたくしは与右衛門どのを信用しておりますから、疑いはしませんでした。それでも、いま奥さまにお話をうかがって、いっそう気持が晴れました」

多加がそう言うと、それまで張りつめた固い表情をしていた以久の顔がふっと和んだ。

「ありがとう。このような処分などということになって、あなたさまがさぞ心配しておられるだろうと思いましてね。それで飛んで来たのです。しかし、それにしても……」

以久はうつくしい眉をひそめた。

「いったい、どこのどなたがこのような不思議なうわさをひろめたものでしょうか」

「そのことです」

それまで黙っていた与右衛門が、はじめて声を出した。

「あれは、お屋敷の方々も不在の、わずかな間の出来事。ほかに知れるはずはございませ
ん」

「そのとおりです」

「失礼ながら土屋さま。そのようなうわさの出所は、あなたさまのほかにはないと思い、そ
のことをぜひたしかめたいと思っていたところです」

「わたくしが……」

以久は仰天した顔いろになった。

「わたくしが、どうしてそのような埒もないことを触れ回りますか」

「いや、真相はそういうことではございますまい」

と与右衛門は言った。

「ただ、こういうことがあったと何びとかに洩らされ、それが回り回っておぞましいうわさ
に化けたのではあるまいかと、それがしは考えております」

「……」

「お心あたりはありませんか。どなたかに、あの折のさしこみのことをお話なされたという
ことは」

「わたくしは、どなたにも話してはおりませんよ」

そう言った直後に、土屋家の後家は急に自信を失なった表情になった。ちょっと待ってください、と言って首をかしげた。

「外には洩らしていませんが、……」

やがて、顔を上げた以久が言った。

「そう言えば、召使いのはるには話しました。留守の間に大変なめに遭ったと聞かせてやったのです」

「ほかには、心あたりがありませんか」

と与右衛門が言った。

「お心あたりがなければ、その召使いが外に洩らしたと考えるしかありません」

「ほかには……」

以久は深く首を折って考えこんだ。そしてはっとしたように顔を上げた。

「伊黒が参りました。法事の打ち合わせにみえたのです。そのときに話したような気がしますよ」

「伊黒半十郎どのですな。それはいつのことですか」

と与右衛門は言った。胸がさわいだ。

「三栗さまがみえられた翌日ですよ、たしか。そう、そう……」

以久の顔は次第に青ざめた。

「与右衛門どの。まあ、何としたことでしょう、うわさの出所は伊黒に相違ありません」

「いま少し、くわしく」

「法事の話が終ったあとで、伊黒の方から三栗さまのお名前を出して、昨日の用は何だったのかと申したのです。その話の中で、たしかにさしこみのことを話しました。すると伊黒が笑って、三栗は按摩(あんま)もやるか、器用な男だと言ったのをおぼえております」

「おたずねしますが……」

と与右衛門は言った。

「今度のうわさのことで、土屋さまはどなたかの査問を受けられましたか」

「いいえ」

「失礼」

と言って、与右衛門はうしろにさがり、一礼すると膝(ひざ)を起こした。

「急用を思いつきました。あとは家内がお相手いたしますゆえ、ごゆるりとなされ」

「与右衛門どの」

部屋を出ようとした与右衛門に、以久が切迫した声をかけて来た。

「伊黒半十郎は、わが親族ながらむかしから油断のならぬおひとでした。立身のためには、親族を踏みつけにすることを厭(いと)わぬ男と、嫌(きら)うひともおります。今度もそのようにして、この後家にぬぐいがたい汚名を着せたようでございますね。何ごとかは存じませんが、伊黒の策略にはまらぬようにお気をつけあそばせ」

昼過ぎから降り出した雨は夜になってもやまず、暗い城下を霧のような雨が濡らしていた。蓑笠をつけ、足もとを素草鞋で固めて、与右衛門は夜の町を松川の舟着き場にむかって走った。

松川は城下を斜めに横切る、さほどの川幅はない川だが、赤石町の舟着き場から船に乗ると馬曳川まではひと漕ぎの距離である。馬曳川は港町藤ノ津のそばで海に入るので、城下から北西四里のところにある藤ノ津に行く者は、陸路よりもこの舟便を利用することが多い。

――どこからかは知れぬが……。

今夜のことが平松派に洩れているのだ、と与右衛門は思っていた。土屋家の後家以久には一言の訊問もなく、一方的に与右衛門を遠慮処分に追いこんだのは、今夜の家老の警護役と知った上で自由を奪ったのだ。

船で藤ノ津にむかったはずの、長谷川志摩と二人の護衛役のことが憂慮された。ことを隠密にはこぶために、護衛の人数を二人にしぼったのも、こうなってみると裏目に出たわけである。襲われたら防ぎ切れまい。

――よし、かまうものか。

船頭をやとって藤ノ津まで後を追うまでだ、と与右衛門は腹を決めていた。時刻はまだ早くおよそ六ツ半（午後七時）。志摩たちは、日が落ちるのを待って出発したはずだから、途中で追いつくのは無理としても、半刻（一時間）とはおくれていないはずだった。

夜の外出は大目にみられていると言っても、藤ノ津まで行くのは行き過ぎである。法を侮ったとして、次の処分はさらに重くなることが予想されたが、助蔵や甚吉を見殺しにすることは出来なかった。まして志摩の生死は今後の藩政の行方を左右する。与右衛門は、長い脛をはね上げて、暗い町を疾駆した。

だが、赤石町の舟着き場についた与右衛門を待っていたのは、十名前後にのぼる大目付配下の人数だった。さしかける提灯の光に、隠しようもなく与右衛門のうらなりづらがうかび上がった。

「三栗与右衛門どのですな」

声をかけて来たのは、岡部という徒目付である。岡部の声には、かすかに与右衛門を侮る気配がふくまれていた。やはり、顔のせいだろう。

「大そうなお支度のようですが、この夜中にいずれへ参られる」

「……」

「外に出てもよいというのは、家のまわりのこと。舟遊びなどはもってのほかのことですぞ。供をつけ申すゆえ、家におもどり願いたい」

「ひとつ、お聞きしたい」

と与右衛門は言った。舟着き場を固めているのは、正式の大目付配下である。刀を抜いて争えば家が潰れる。与右衛門は志摩たちのあとを追うことをあきらめていた。

「この備えは、どなたのご命令か。お聞かせねがいたいものですな」

「……」

「大目付どののお指図とも思えぬ節があるが、ほかに徒目付どのに命令をくだされるのはどなたか」

「そういうおたずねには、役目柄お答えいたしかねます」

岡部はひややかな声で言うと、配下二人の名前を呼んで、三栗どのをお屋敷までお送りしろ、と言った。


与右衛門は、長谷川志摩と二人の護衛役のことが心配で眠れぬ夜を過ごしたが、翌日になっても助蔵も甚吉も現われず、組頭の本多からも何の連絡もなかった。さらに一日たったが同様である。与右衛門の憂慮は深まった。

そして、今夜は助蔵の家に行ってみようと決心した三日目の夜、与右衛門の家に客があった。組頭の本多権六自身である。本多は供も連れずに現われ、顔の頭巾をとって上にあがると、与右衛門の前にむずと坐った。

「助蔵が死んだぞ」

「……」

与右衛門は声をのんだ。

「今夜が通夜じゃ。あとで行ってやれ。通夜となれば藩でも咎めまい」

志摩の一行は、藤ノ津の塩浜町の舟着き場で陸に上がったところで敵に襲われた。人数は十人ほどだったという。むろん平松派の刺客だと思われた。

はじめは志摩も刀を抜いて斬りむすんだが、そのうちに中川助蔵は、甚吉に声をかけて志摩を守ってその場を脱出するように指示した。そして自分は前面に出て、身を挺して二人の退路をつくった。

助蔵の奮闘と、ねばりづよく受けては反撃する白井甚吉の剣に助けられて、志摩は辛うじて藩が藤ノ津に置いている陣屋に逃げこむことが出来た。志摩はすぐに助蔵を救援するために舟着き場に一隊をさしむけたが、襲撃者は影も形もなく、瀕死の傷を負った助蔵を収容しただけだったのである。

「助蔵はその夜のうちに家まではこばれて、手当てをつくしたが今日の昼すぎに絶命した。ご家老と白井の部屋住みも手傷を負ったが、こちらはさほどのことはない」

「京都の方の首尾は、いかがでしたか」

「うまく行った。これで新しい借金をテコに、もう一度藩の主流に返り咲こうという平松一派のもくろみは潰れた。やつらの栄耀も長いことではない」

本多権六はひげの剃りあとが青々としている、達磨のような顔に血のいろをのぼらせてしゃべった。

「やつら、藩の疲弊もかえりみず、これまでやりたいことをやりすぎたのだ」

「白井甚吉は、いかがしましたか」

「わしの屋敷にかくまっておる」

と本多は言って、急に声をひそめた。

「というのは、今度の事件一切を指図したのは伊黒半十郎らしい。やつはなんと、ご家老のお屋敷に女子の間者までいれておったことが判明した。だから藤ノ津行きも、むこうに筒抜けだったのだ」

「……」

「やつはいま、事件の痕跡を消すのにやっきとなっておる。白井の末弟もうっかりするとむこうの手で消されるおそれがあるのでな。わしが当分預かることにしたのだ」

「そういうことなら、お頼みいたします」

「中川助蔵もよく働いたが、甚吉もよくやった。そのことを三栗に聞かせてやれとご家老が言うので立ち寄ったのだ」

「おそれ入りまする」

「わしもこれから、助蔵の通夜にまわるところだ。若いのに、かわいそうなことをした」

本多権六は、そう言うともう立ち上がっていた。そしてさっさと裏口に回った。ご新造、突然にお邪魔して相済まぬと、本多は狭い家の隅々までひびくような大声で言ってから、土間に降り、また小声で与右衛門にささやいた。

「近く会議がひらかれて、安達からの借入れ契約が発表される。それと一緒に、大目付に対して今度の藤ノ津の事件の探索が命令されるはずだ。平松家老もこれでおしまいだな」

本多権六は、一瞬新しい執政の席につらなった自分を夢みるような表情をうかべて宙を見つめたが、つぎの瞬間、大きな背を与右衛門にむけると外の闇の中に掻き消えた。

五

本多が言ったように、その月の終りにひらかれた役職者の会議に、長谷川志摩は藩主の叔父主膳正茂利の出席を仰いだ上で、京都商人安達惣右衛門との間に二万両の借入れ契約を結んだことを発表した。その返済条件がゆるやかで、利子がこれまでの藩債の半ばに近い低利であることが、十分に出席者の賛同を得たことをたしかめてから、志摩は席上で大目付あてに一通の訴状を提出した。

訴状の中身は、平松家老以下が今度の借入れ契約を妨害しただけでなく多年にわたって江戸商人と癒着して、私党の利益をはかって来た事実をはげしく弾劾したものだった。志摩は長年の平松派との暗闘にケリをつけるべく、決戦に出たのである。藩主の留守を預かる主膳正の目の前で行なわれたことなので、会議に出席していた平松派は手も足も出ず、大目付の小出権兵衛はただちに訴訟事実の確認にとりかかった。

平松家老以下の重職の家に、毎夜のように徒目付、足軽目付をしたがえた小出権兵衛が尋問のために出入りするという騒然とした空気の中に夏が終り、秋がやや深まったころに、藩主ならびに主膳正茂利の承認を得て、罪状の確定と刑の申し渡しが行なわれた。

結果は平松藤兵衛は家禄半減の上、職を免ぜられて百カ日の閉門、中老中根帯刀、岩松瀬左衛門は同じく家禄三分の一を削られた上で、職を免ぜられて五十日の閉門、家老古井又三郎は逼塞と、平松派の執政が根こそぎ職を免ぜられた上に処分を受けるという大政変となった。さらに追いかけて、平松派に属する役職者に対する広範囲な減石、身分降格の処置も発表されて、藩内の平松派はひそと息をひそめた形になったのである。

三栗与右衛門は、その政変の始終を注意深く見守っていた。しかし小出権兵衛は平松派の江戸商人からの収賄の事実と、その金の行方については微細な点まであばき立てたものの、藤ノ津における家老襲撃の事件では、決定的な証拠をにぎるに至らなかったようだった。その夜の襲撃を直接指揮したとうわさされる伊黒半十郎は、近習頭の職を免ぜられて郷方に回され、禄も削られて領内では僻地とされる森内郡の代官に降格された。役付きではあるが、若いころから君側をはなれずに出世の道を歩いて来た男にとっては、屈辱的な役職かも知れなかった。

そのせいか、半十郎はめったに城下にもどらず、任地で酒びたりになっているといううわさも聞こえたが、半十郎が咎められたのは平松派の一人として賄賂の分け前に預かったことと、借入れ金の実状について、つねに藩主に偽りの報告をしていたことなどで、家老襲撃の一件はその中に含まれていない。

そのときの襲撃では、襲撃側にも数人の手負いが出たのだが、平松派は襲撃が失敗したとわかると全力をあげて隠蔽工作を行ない、証拠を消してしまったのだともささやかれた。ともあれ、それが平松派処分の大要だった。

——助蔵は、犬死にかい。

と与右衛門は思った。与右衛門に着せられた、あの奇妙な汚名を、助蔵は平松派の策謀ではないかと疑っていたのに、当の本人が気づかなかったうかつさも悔まれた。そして、助蔵を見殺しにした、あの梅雨の夜のことも。

そういう悔恨が、日々与右衛門の胸の中で深まるのは、高く青く晴れ上がった秋空のせいかも知れなかった。

その斬り合いは、三十人ほどの家中藩士の眼の前で行なわれた。斬り合いと知って道を走りもどって来た者もいたから、あるいは斬り合いを見た者は四、五十名に達したかも知れない。

斬り合いに至る始終も、多数の人間に目撃されている。最初に、先を行く三栗与右衛門が、かかえていた風呂敷包みから、一冊の書類を道に落としたのである。

それをあとから来た伊黒半十郎が拾って、声をかけた。半十郎ははじめ、おい、三栗。落とし物だと呼んだ。だが、与右衛門が気づかずに行くのを見て、今度は大きな声を出した。

「おい、うらなりどの。うらなりの三栗」

今度の声は、与右衛門だけでなく、近くを歩いている下城の藩士たちの耳にもとどいた。人びとはどっと笑った。ふだんそう思っていても誰も言えないことを、半十郎が言ったからである。

笑い声の中を、与右衛門はゆっくり引き返して半十郎の前に立った。

「うらなりと申すのは、それがしのことですか」

「そうだ。ほかにひとはいまい」

半十郎はうすら笑いをうかべてそう言った。半十郎の顔には、わずかの月日の間に心情がすさみ切った気配が、濃く出ている。元近習頭の面影はなかった。

与右衛門は、その顔をじっと見つめてから落とした書類綴りを受け取ると背をむけた。その背にむかって、半十郎がわめいた。

「おい、礼を言わんのか」

与右衛門が振りむいた。

「ひと前でうらなりと呼ばれては、礼は言えませぬ」

「なに、生いきな」

伊黒半十郎の顔も声も、鋭くとがった。

「貴様、本心は違うのじゃないか。わしが僻地にとばされたので、内心は侮っておるのだろう。そうだな?」

「……」

与右衛門は黙礼して背をむけた。そのうしろから、半十郎の甲走った声が追いかけた。

「礼を言え、うらなり与右衛門。言わぬうちは帰さぬ」

その声と一緒に、見ていた人びとがどっと声をあげた。同時に与右衛門は十歩ほど前に走って、それから振りむいて半十郎を見た。伊黒半十郎は刀を抜いていた。

半十郎は右手に白刃をにぎったまま、のしのしと歩いて距離をつめて来た。その姿を見つめながら、与右衛門は風呂敷包みを地面に置き、その上にはずした裃を置くと、はじめて刀を抜いた。落ちついたしぐさに見えたという。

与右衛門が刀を抜いたのを見て、半十郎は立ちどまった。そして刀を構えた。長身でやや腹が出ている半十郎の構えには威圧感があって、見ている者の中には、その姿から半十郎が若いころ東軍流の剣で鳴らしたことを思い出した者もいた。

対する与右衛門も、体格、容貌こそ半十郎に見劣りするものの、青眼に構えた姿は、ぴたりと地に足が吸いついたように見え、なみなみならぬ剣技の持ち主であることを人びとの眼に印象づけたのである。与右衛門が剣をにぎった姿をはじめて見て、息をのんだ者もいた。

はたして、前に出たのは与右衛門の方だった。与右衛門が前に出、半十郎はあとにさがった。空の北半分を覆ういわし雲に、西空に落ちかかる日が映えて、空は日没のかがやきを帯びはじめていたが、地上はまだ明るく、濠ばたから三ノ丸の郡代小路に入ったところにある道は、静寂につつまれていた。

もはや制止の声をかける機会は失なわれて、下城途中の四、五十人ほどの藩士は遠巻きに無言で斬り合いを見つめているだけだった。二人の足が地を摺って動く音だけがひびいた。

だが、優劣はもう明らかだった。与右衛門のうらなりに似た顔は、やや紅潮しただけなのに対し、半十郎の顔はほとんど土気いろで、おびただしい汗が顔面をしたたり落ちるのが見えている。

不意に、与右衛門が声をかけた。

「伊黒どの。よろしければ刀を引かれよ。それがしはかまわぬ」

だが、与右衛門が言い終らぬうちに、伊黒半十郎はわめき声をあげて斬りこんだ。上段から斬りおろした刀は速く、踏みこみも十分だったが、与右衛門は刀を合わせてその斬りこみをはね返した。

ふたたび技の優劣が顕著にあらわれた。与右衛門の腰はぴたりと決まってつぎの打ち合いにそなえていたが、半十郎ははじかれた刀を抱えてよろめきのがれた。だがそのことが、半十郎の憤怒を引き出したようでもある。

半十郎は踏みとどまって振りむくと、剣を高々とあげた。悪鬼の形相で走って来た。一合し、二合目に、与右衛門の身体がしなやかに動いて闘争の場所から抜け出した。与右衛門の刀が一閃、また一閃、音もなく二度ひらめいたのを人びとは見ている。半十郎の長身が、声も出さずに崩れ落ちた。

往来で与右衛門の渾名を言ってはずかしめたのは、伊黒半十郎である。刀を先に抜いたのも半十郎である。どちらも動かぬ証人が多数いた。与右衛門の処分は、ふたたび遠慮二十日で済んだ。

遠慮処分が解けた翌日、三栗与右衛門は政変後に筆頭家老にのぼった長谷川志摩の屋敷に呼ばれた。新たに中老となった本多権六が一緒だった。

「中川助蔵の家に、二十石を加増することになった」

と言って、志摩は権六の顔を見た。すると権六が咳ばらいして言った。

「助蔵の妹に、白井甚吉をめあわせて家を継がせることにした。異存はあるまいな」

「異存などとは、とんでもないこと」

と与右衛門は言った。

「有難いお心くばりと存じます。また、甚吉ならば助蔵の名をはずかしめないでしょう」

「藤ノ津での甚吉の働きは、見事だった。三栗、そなたの眼力はなかなかのものだ」

と言ってから、志摩は苦笑した。

「じつは落ちついたところで、そなたにも十石ほど加増して、役にもつけようと思ったのだが、伊黒の一件が起きていまはぐあいがわるい。しばらく待て」

「ご心配をおかけし、申訳ござりませぬ」

「しかし、三栗。あれは助蔵の仇討ちではないのか」

と志摩が言った。

「権六がそう申す。三栗が仕かけて伊黒半十郎を斬り合いに誘ったに違いないとな」

「何の証拠もござりませぬ」

「証拠？」

志摩と本多権六は、顔を見合わせてうすら笑いをかわした。本多が言った。

「あの斬り合いの間に、大目付配下の某がそなたが落としたという、さも大切げな書類をのぞき見たのだが、中身は意味不明のほご紙だったそうだ」

「……」

「だが、その男はそのことをわしに耳打ちしただけで、小出には言わなかったらしい」

「売られた喧嘩にござります」

与右衛門は無表情に言い、志摩と本多権六はくすくす笑った。志摩が言った。

「そういうことだ。権六は妙な告げ口のことは忘れることだな」

秋がすぎ、初冬の寒気が城下をしめつける季節になった。風が強く吹く日は、城と家を行き帰りする三栗与右衛門の顔は、赤黒い大へちまのようになったが、その顔を見てももう笑いをこらえるような顔をする者はいなかった。それどころか、あきらかに畏敬の眼で、そのとほうもなく長い顔を見つめる若者もいた。郡代小路で行なわれたすさまじい斬り合いを、まだ誰も忘れてはいなかったのである。

ごますり甚内(じんない)

一

川波甚内には、武士にあるまじき芳しくない評判がある。あれはへつらい者だとか、ごますり男だとかひとが言う。そして、それは事実だった。

自分の身の上にそういう悪評が立ち、まさか指さしはしないものの、陰ではごますり甚内という渾名までささやかれていることを、本人がどの程度承知しているかはわからないが、川波甚内はごますりを隠さなかった。相変らずひとの眼の前でごまをすった。

たとえば登城の道で上役に会うとする。朝の挨拶をするのは当然だが、甚内はそのときに白い歯をみせると、にがにがしげに言う者がいる。たかが時候の挨拶をするのに、世辞笑いを以てするとは何事かというわけである。加えて甚内は声が大きい。大手門前の広場でしゃべっていても、川波甚内の声は広場の角まで通ると言われた。

満面に必要以上の笑いをうかべ、きわめつきの大声で挨拶しながら上役が手に物でも提げていればたちまちに奪い取って、鞠躬如とうしろに従って行く姿は、ごますりの見本のようなものだった。目撃して、顔をそむける者がいても不思議ではない。

毎日の勤務の間にしてこの有様だから、上役の家に慶事があるなどというときは、川波甚内はいちはやく祝いの品を持って駆けつけるのはむろん、手伝うことを見つけては献身的に働く。不祝儀の場合も同様である。非番の日に、昇進して屋敷替えになった上役某の引越しを手伝い、若党、下男にまじった甚内が頬かむりして荷をかついでいたという話もある。

「何が狙いかの？」

甚内のそういう評判がひろまったころ、訝しそうにそう聞いた者がいる。聞かれた方が答えた。

「そりゃあ、ま。ひと口に言えば立身出世をねがっているわけだろう」

「……」

「つまり、こうだ」

答えた男は、納得しかねるといった表情の相手にむかって、やつは川波の婿だと言った。

「甚内のごますりは、家督をついだ直後からはじまっている。思うに、家をついだからにはわが代に一石でも禄をふやしたいと張り切っているわけだろうて」

「それがまことなら、あのようにあがいても無駄だと思うがの」

最初に問いかけた男は、つめたくそう言った。

武家の世界だから阿諛も追従もない、というわけにはいかず、実際には家の保全とか、立身出世とかのからみで物も動けば金も動くのが常識である。物や金を動かすのが不得手な人間が出世に遅れることは、ほかの世界とさほど異るところがない。

ただしそうしたことがめったに表面化することがなく、したがって周囲から阿諛追従の譏りを受けることも少ないのは、そこに大方は派閥というものが介在して、物や金銭の授受はまず、白い歯を出して相手の機嫌をとらなくとも、片頰をゆがめたぐらいで意志が通じる場所でひそかにかつ日常的に行なわれるせいである。

そして立身出世も身分や家の保全も、大部分は派閥の内部でしかるべく按配されてのち、公けの実現のはこびになるというのが順序である。こういう実情から言えば、川波甚内の世辞笑いやご機嫌とりの大声は、頼るべき派閥を持たないことをみずから告白しているようなもので、無駄な鉄砲を打つにひとしくはないか。男はそう言っているのだった。

むろん派閥がすべてではない。たとえば先の家老金森庄兵衛が万年組頭から一躍家老に抜擢されて執政府入りしたときは、側用人の海鉾与四郎に家宝の青孔雀の香炉を贈ったからだと言われた。この場合は海鉾が青孔雀の香炉に執し、金森が権力に執したために対立しがちな派閥を超えて有無相通じた例だが、川波家に家重代の茶道具があるとも、名剣があるとも聞いたことがない以上、さきの男の無駄玉を打つようなものだという判定は、大体において的を射たものだった。

川波甚内の懸命のごますりにもかかわらず、それに心を動かされてそれではひと肌ぬごうかと、上役の誰かが手をのばしたという話はいまのところ皆無だった。

ここでひとつ、川波甚内の風貌、容姿に触れる必要があるかも知れない。というのも、たとえば現在君側にいて権勢ならびない側用人海鉾与四郎は、わずか六十石の右筆から三百石の側用人まで登りつめた器量人で、立身出世の見本のように見做されている人間だが、齢四十をこえたいまも、すがすがしい美貌と風姿を持つ人物でもある。

かりに立身出世に、容貌とか姿かたちとかいうものもかかわりがあるとすれば、川波甚内はそもそもの出発点においていちじるしく不利な立場にあると言うべきだった。

甚内は中背で、みた眼にはやや貧弱に思われるほどの細い身体をしている。だが問題は体軀ではなくて顔にあるだろう。甚内はひと口に言えば醜男である。出額で、眼が大きく口も大きかった。そしてまだ三十をこえたばかりだというのに、鬢の毛がいちじるしく薄くなっている。

甚内本人がどう考えているかは知らず、ごまをすることでひとに喜ばれる風貌とは言えず、むしろひとの機嫌をとればとるほど軽んじられる顔というべきかも知れなかった。げんに藩中の一般的な見方は、甚内のごますりをひややかな笑止の眼で見るといったふうになっている。ただし、その行なうところは軽くみられても、まだ指さして甚内の人格を侮る者がいないのは、たとえばつぎのようなことがあったからである。

暮近い十一月、城下には数度みぞれまじりの霰が降った。連日、空は重苦しい冬雲に覆われ、風は北風で本物の雪が降る日も遠くはあるまいと思われたその朝も、甚内は元気いっぱいでごまをすっていた。

相手は番頭の諏訪権十郎である。六尺近い大きな身体と身体に相応した膂力、そして対照的に物静かな声と挙措で知られる諏訪はその朝、手に大きくかさばった風呂敷包みをさげていた。

「寒い朝にござりまする」

後から追いついた甚内が大声で言う。

「番頭、その包みはそれがしがお預かりいたします」

「いや、これはちと重い」

諏訪は持ち前の小さな声で言った。ちらと甚内を見た眼にやや迷惑そうないろが動いたのは、ごますりが寄って来たかと思ったのかも知れない。

「いやいや、ご懸念なく。少々の重い物なら、それがしいっこうに平気でござって……」

甚内は諏訪の手から風呂敷包みをつかみ取った。とたんに腰がくだけて、包みが地面に落ちそうになった。一瞬にして、甚内の顔は朱にそまった。足をふんばると辛うじて身体を立てなおした。

「重かろう、中身は火鉢だ」

気の毒そうに、諏訪が言った。諏訪が無造作に手にさげて来たのは唐金の火鉢で、唐金にしてもあまりに重く、納戸から出し入れするのにこれまで下僕が二人まで腰を痛めたという代物である。

家人から苦情が出たので、諏訪はそれでは城中の詰所で使おうかと家からはこんで来たところだった。諏訪は手を出した。

「こっちにもらおう」

「いや、ご心配なく」

甚内は両手で支えた火鉢の包みを、慎重に片手に移した。息をととのえ、腰を決めるとあとは何事もなかったように歩き出した。顔色はもう平常にもどっている。

その有様を目撃した者が多数いて、あとでさすがは雲弘流と評判になった。甚内は城下如月町に雲弘流の看板をかかげる堀川道場で、一時は師範代まで勤めた剣士である。ことに、甚内が流派の六葉剣と呼ばれる短刀術を授けられたことは知るひとぞ知る事実で、秘伝扱いされているその短刀術を受けたのは、道場創始以来甚内をふくめてわずかに三人とも言われていた。

あとで評判になったのは、諏訪があれは腕力ではなくて体術だろうと甚内をほめたからでもあるが、そのときの目撃者三名ほどが、のちに諏訪の詰所をおとずれて実際に唐金の火鉢を持ってみた結果である。彼らもどうにか火鉢を片手でさげることは出来た。だがそのまま十歩を歩き通せた者はいなかったという。甚内の一見貧弱な体軀には、剣で鍛えためざましい体力がそなわっていたのである。

そういうことがあって川波甚内は、紙一重のところでひとの侮りをまぬがれてはいるものの、ごますりの効果の方はいまひとつで、見た目にもいかにも空回りの感じが否めなかった。諏訪権十郎は甚内をほめたが、それも意外な体力の方をほめたので、火鉢を持ってもらって感謝したわけではない。

というような情勢のきびしさを、日々もっとも深刻に受けとめているのは、ほかならぬ甚内本人であろう。その証拠に、城をさがって家がある犬飼町にもどるころ、甚内の顔は城にいる間とは打って変って憂鬱そうに曇っている。甚内は知った顔に会うのを恐れるように、うつむき加減にそそくさと道の端を行く。そして肩のあたりに濃い疲労のあとをとどめたまま、粗末な家の門をくぐるのである。

妻女の朋江は、玄関で刀を受けとるとつつましく夫の後にしたがって居間にもどりながら、そっと声をかける。

「いかがでしたか。なにか、よい便りでもございましたか」

「いや、まだだ」

と言う甚内の声は、いたって重苦しい。着換えを手伝いながら、妻女はしばらく黙って手を動かしているが、今度はずっと明るい声で言う。

「お気を落とされますな。いまに、よい便りもございましょう」

甚内のごますりは、誰かが推測したように立身出世のためではなく、また家督をついで張り切っているわけでもなかった。二人が待っているよい便りはまったく別のものである。そして、そのことを知っているのは夫婦と少数の上役だけだった。

二

甚内が直接の上司である蔵奉行下役渋谷助右衛門の家に呼ばれたのは、家督をついで城に登るようになってから半年ほどのち、いまから二年前のことである。

「まずいことが起きた」

何の用件とも見当がつかないまま、渋谷の家をおとずれた甚内に、酒好きでひとのいい上司である助右衛門はそう言った。

「何か、それがしの勤めに手ぬかりでも？」

まずいことと言われて思いあたることは、それしかなかった。見習いを終って、米を主とする年貢の産物の収納と出荷を取りしきる組の仕事に馴れては来たものの、まだ不案内なところは多々あった。甚内は緊張して上司の顔を見たが、渋谷は手を振った。

「いや、そうではない。貴公のおやじどののことでうまくないことが出て来た」

ほぼ三年ほど前に、藩にはちょっとした政変があった。家老の金森庄兵衛など一部役職者を中心に、広範囲にわたる政治不正があることが反対派から摘発されて、何人かの役持ちが職をしりぞいて謹慎した事件である。

死者は出さず、もっとも重い罰が金森庄兵衛の閉門だけという、比較的軽い処分で事件を収拾したのは筆頭家老の山内蔵之助だが、山内はそのかわりに関係者の軒並み減石を断行した。高禄の者は多く、少禄の者は少禄なりに、一人も余さず禄を減らしたので、実質的にはなかなかきびしい処分だとも言われた。

「その一件におやじどのが加わっていたことがわかってな。禄を減らせという上からのご命令だ」

「いまごろになってですか」

甚内は唖然として渋谷の顔を見た。渋谷はうなずいた。

「何でも町方の調べがまだ残っていて、そちらの方から罪になるべき新たな事実が洩れて来たというのだが、事実はどうも言い渡しに手抜かりがあったというのが真相らしい。藩の手落ちだ」

「……」

「ま、それはそれとして近く正式の言い渡しがある。三年前のことを持ち出されては貴公がおどろくだろうから、前もって伝えておくようにと、お奉行からお言葉があったゆえ、伝える」

「それで、減石の沙汰はいかほど？」

「五石だ」

「それは困り申す」

と甚内は言った。

甚内はじわりと冷や汗がにじむのを感じた。事件の処分が行なわれてから三年が経過し、なかにはそろそろ謹慎が解けて、もとの役職に復帰する者も出て来たという時期に、家禄削減の処分が公けにされたら、事情を知る一部の者はともかく、知らない者は何と思うだろうかと思ったのである。

自問するまでもない。聞いた者は誰しも、近ごろ甚内に何らかの失態があったと思うにちがいなかった。婿が家禄を減らしたというウわさはたちまちに家中に知れわたるだろう。不名誉きわまりなかった。

しかも、そのことを弁明すべき第一の人間である舅の彦助は、一年前に卒中で倒れ、半身不随、言葉も明瞭でない有様で寝たり起きたりしている。三年前のことが原因で禄を減らされたなどと言えば、興奮してもう一度卒倒もしかねないだろう。黙って不名誉を引きかぶるしかなかった。

それはいいとして、ひょっとして見舞いの親戚の口から減石のことが耳に入ったりしたらどうなるか。彦助は原因は自分にあるとは思わず、婿の失態に激昂するかも知れなかった。それで病気が悪化したりすれば、話は不名誉では済まなくなろう。

甚内は焦って言った。

「いまごろになっての処分は、少々酷ではござりませんか。誰しも、減石はそれがしの失態のせいと思うに違いありません」

「そうだろうな。しかし処分は処分だ。やむを得ん」

「舅もそのように誤解するでしょう」

「彦助には事情を話せばよかろう」

と言ったが、渋谷はすぐに気づいて言い直した。

「そうか、あの病人にはそういう話は禁物かも知れんな」

「……」

「よろしい。上の方に談じて善処しよう」

「すると、おとりなしを？」

「いや、処分は処分。変更はあり得ないが、なるべく表沙汰にせず、内密の処置で済ませようということだ」

「……」

「そなたの立場をよく話せば、上の者も相当の斟酌はしてくれるだろうて」

「ありがとうござります。なにとぞよろしく」

甚内は頭をさげたが、気持が鋭く張りつめているせいか、すぐにべつのあることに思いあたって顔色を曇らせた。

藩には年頭拝賀の儀式があり、藩主在国の年は、三百石以上の重臣と役持ちは城中白書院で、無役の三百石以下と二百石以下の役持ちは晴明の間で、ほかに無役の二百石以下、百石以下、五十石以下の者は、それぞれ禄高別の集団にわかれて大広間に入り、藩主からお言葉とお流れを頂戴するのがしきたりだった。

しかしここ四年ほどは藩主が病気で帰国出来ず、名代として世子和泉守が家中の挨拶を受けていた。儀式も略式で行なわれ、たとえば大広間では、藩士はつぎつぎと膝行して和泉守の前に出ると、そこに山と積まれている土器を取って小姓から酒をついでもらい、飲み干して土器を懐におさめて退出することになっている。

しかし藩主の病気は回復がむつかしかろうとささやかれていて、近い日に和泉守が正式に家督をついで新藩主となり、したがって年頭の儀式も旧例にもどることは眼にみえていた。

――だめだ。長くはごまかせない。

甚内は頭の血が逆流して、足もとにさがるような気がした。川波家は蔵奉行配下で家禄は五十五石である。これまでは、したがって年頭の拝賀では百石以下の組にまじってお流れをもらっていたのだが、五石家禄を削られると、今度は五十石以下の組に入らなければならない。

そのときは衆目の前に、身分が変ったことがあきらかになるのである。内密の処分だの善処だのということも物の役に立たなくなるばかりか、それまで隠されていた分だけ、人びとはよけいに奇異の眼で甚内を見ることになるだろう。藩中の評判になるのは避けられまい。

「ま、あまり気を落とさぬことだ」

甚内の顔色を見て、渋谷がなぐさめるように言った。単純な落胆と見たらしい。

「減石は永久の処分じゃない。四、五年慎んでいれば解けるものだ。ここだけの話だが……」

「……」

「一年かそこらで処分が解けた者もおる。御使番の荒井、御納戸の平松、右筆の菅沼、杉原といった方々らしいな。菅沼儀助、杉原小弥太は海鉾さまの引きがある」

「側用人の？」

「さようさ」

渋谷はうなずいた。

「御使番の荒井、御納戸の平松は、だいぶ上の方に金を使ったという話だ。山内さまはそういう金は受けつけぬから、上の方というのは次席の栗田さまあたりではないかな」

渋谷助右衛門は、山内蔵之助とならぶ権勢家の家老の名前を口にした。

「荒井、平松は禄高は二百石そこそこだが、金を持っておる。ま、いろんな手があるというわけだ」

「……」

「しかし、貴公には有力な引きの筋もなければ、金もない」

「さようです」

甚内は顔を上げた。渋谷の話にひきつけられていた。

「そういう者は、いかがしたら早く処分がとけるか。ご存じなら教えてください」

「そうさな」

渋谷はあごの肉をつまんで天井を見上げ、しばらく考えこむ表情になったが、じきにあきらめたように甚内に眼をもどした。

「ま、せいぜい上役の機嫌を取りむすぶことぐらいかな。ウチのお奉行、関係深い勘定奉行あたりからはじめて、藩の役持ちにはまんべんなく気をくばって、機会があれば機嫌をとっておくことだ。そうされて悪い気持の者はおらんからな」

「……」

「釈然とせぬらしいな」

渋谷はじろりと甚内を見た。

「しかし、どこで貴公の家のことが話題にならぬとも限らんのだぞ。日ごろ上の心証をよくしておけば、もともと藩にも手落ちがあった話だ。五石の減石など、すぐにも解けるかも知れんのだて」

渋谷の尽力で、減石処分の言い渡しはごく内密に行なわれた。

ふつうこの種の言い渡しには上司と一緒に徒目付（かちめつけ）が立ち会う決まりだが、甚内が呼び出されて蔵奉行の屋敷に行くと、そこには大目付大熊百弥太（おおくまひゃくやた）だけがいて、奉行同席の上で言い渡しを済ませると、そそくさと帰って行った。

言い渡しのあとで大目付は、今度の処分は記録には残るものの外部には公表されないことをわざわざつけ加えた。藩の方にも不手ぎわがあったための措置かとも思われたが、この措置は大きいと甚内は思った。もし処分が早目に解ければ、甚内がひとに指さされる間もなく、一件は終るのである。

翌日からさっそくに、甚内は渋谷が言う上役の心証をよくするための努力をはじめた。藩が示した措置から考えて、処分は形だけで終る可能性もないわけではなかった。そう考えると、上役を見つけて大声で挨拶するのも張り合いがあった。万事は家と病気の舅のためだと、甚内は思っていた。

しかし甚内と事情を打ち明けられている妻女の朋江の熱い期待にもかかわらず、減石解除ということはけむりも立たないままに、二年の月日が過ぎた。聞こえて来るのは、事情を知らない連中が言う、へつらい者とかごますり男とかいう陰口だけである。屈せずに機嫌とりをつづけているものの、甚内は時には徒労感に襲われてぐったりすることがある。

だから花も散った四月のある夜、あとで馬廻組の佐野慶次郎とわかった眼つきの鋭い男が来て、栗田家老の屋敷まで同道してくれと言ったときも、家老の用件が減石処分にかかわりがあるとは思いもしなかったのである。

「川波は近ごろ、上の者の機嫌とりに精出しているそうではないか」

甚内を居間に呼びいれると、栗田兵部はすぐにそう言った。家老は顔にうす笑いをうかべているが、そう言った声に嘲りのひびきはないのを甚内は敏感に感じ取っている。

甚内は無言で家老の顔を見返した。夜分に一介の御蔵役人を屋敷に呼びつけたのは何のためだろうかと、気持はそちらに向いているのに、家老はまだ機嫌とりのことを話題にしている。

「ひとのうわさが立つということは、やり方が正直で不器用だということでな。人間が質朴な証拠だ。真のへつらい者は、ひとのうわさにのぼったりはせん」

「はあ」

「ところで、のぞみは何だ？」

「……」

「減らされた家禄を元にもどすことか」

甚内は身体がどっと熱くなるのを感じた。はじめて、苦心のごますりの真意に気づいた人物に出会ったのである。赤くなった顔を伏せながら、甚内は栗田をうわさに違わずひとを見る眼の鋭いひとだと思った。

「あたったらしいの」

栗田は満足そうに言った。そしていじらしいのぞみだとつけ加えた。

「誰か、手を貸そうという者はいたか？」

「いえ」

「わしが骨折ってもいいぞ」

家老は無造作に言った。そして面長で端正な顔を甚内にむけたまま、少し声を落とした。

「そのかわり、わしの頼みも聞いてもらわねばならんが」

「むろんのことにござります」

甚内はいそいで言った。

「何なりとお命じください」

待ちのぞんだ機会の到来に、甚内はいざとなればひとも殺しかねないほどに興奮してそう言ったが、家老が命じた用は、そんな物騒なものではなかった。しかし少々奇妙な用であることはたしかだった。

三

高泊は城下から四里の場所にある湊町で、領内のみならず隣接する天領、隣藩からも船相手の産物があつまる場所だった。藩ではそこに陣屋と湊奉行を置いて、御蔵料と称する貢租の収納と町の治安にあたっていた。

港のすぐそばに御蔵町があり、それだけでひとつの町を形づくる蔵屋敷がこの湊町の中心になっている。蔵屋敷とそこにあつまる商人、船の船頭を目あてに料理茶屋や色町がさかえ、商人町がにぎわう高泊は、本城のある城下から来るとつねに異様な活気につつまれているように見える。すれちがうひとの身ぶりや話し声にも、城下にはみられない独特の勢いがあった。

川波甚内が高泊の町に着いたのは、およそ七ツ半（午後五時）前後と思われるころだった。陣屋勤めの足軽屋敷がならぶ町を抜けて、小さな川にかかる橋をひとつわたると、道はにぎやかな商人町に入る。長く、ひとの喧騒に満ちているその通りを過ぎると、つぎが目ざす茶屋町だった。吉野町という名がつくその町は、ほとんどが料亭、お茶屋、待合茶屋、喰い物屋から出来ている。

日没までわずかに間がある時刻の茶屋町は、客をむかえる前の静けさにつつまれていた。

家の中にはひとの気配がするものの、表の通りはひっそりとしている。海に落ちかかる日が、家々の屋根にわずかに光をとどめていたが、水を打った軒下のあたりにははやくも夕暮れのいろが躙り寄っていて、地面においた塩花がほの白く見えた。

甚内は大通りから路地をひとつ折れて、町の奥に入って行った。そこに栗田が言ったぼたん家という料亭があった。名前を言うと、すぐに奥の部屋に通された。まだ相手は到着していなかったが、料亭では万事心得た様子で、すぐに酒肴をはこんで来た。

そして洞泉寺の鐘が暮六ツを撞き終るのを待っていたように、女が現われた。栗田は四十ほどになる女が来ると言ったが、女はどう見ても三十半ばぐらいに思われた。武家ではなく商家の女である。眼尻にあるわずかな小皺をのぞけば、あとはなめらかな肌と濁りのない眼がすがすがしい美人だった。

「川波さまですか」

女は部屋に入って甚内の前に坐ると、ほんの少し微笑を含んだ眼で甚内を見ながら言った。

「さようです」

「ごくろうさまにございます。では、お約束の品を」

甚内は城下からはこんで来た包みを、女の前に押しやった。封印がしてあるその包みを、栗田は金だと言ったが多分そうだろう。包みはずしりと重く、その重さはふだんの勤めで時に多額の金を扱うことがある甚内の勘からいうと、小判で四、五百両はくだるまいと思われるものだった。

女は丁寧に封印を改めた。それから持って来た風呂敷包みを解くと、中から紙包みを出して甚内の前に置いた。その紙包みにも、厳重な封印がしてあった。

「では、これを」

と女は言った。栗田の名前はひとことも口に出さなかった。交換した物をそれぞれの風呂敷に包み終ると、女が不意に表情を崩して笑顔になった。

「お酒はいかがですか。お相手いたしましょうか」

「いや、それがしはこれから城下までもどらねばなりませんので」

「でも、せっかく用意がしてございますから、もったいのうございましょう」

女は小さく手を叩いた。すると襖がひらいて若い男が部屋に入って来た。料亭の人間ではなくお供だろうと思われたが、それにしては屈強な身体をした男だった。

女が目くばせすると、若い男は甚内に一礼して、金包みをつかむと出て行った。はたしてかなりの腕力である。

「どうぞ、お盃を」

若い男が出て行くと、女はにっこり笑って甚内に銚子をさしむけた。笑顔に自信があるように見えた。そして事実笑うと男心を惹きつけるなまめかしい色香が匂い立つような女だった。のびのびとした肢体には、爛熟に到りついた肉が盈ちているのも見える。

だが、盃を取り上げた甚内は無愛想に言った。

「では、ほんの一杯だけ頂戴いたす」

「川波さまは、お酒に弱いほうでございますか」

首をかしげてこちらをのぞきこんだ相手の眼に、甚内は一瞬物を見定めるような気配が動いたのを感じた。用心しろと甚内は自分を戒めた。栗田に命ぜられた用は、まだ半分しか終っていなかった。

甚内は酒をついでもらった盃をかかげると、無表情に言った。

「いや、酒は底なしでござる」

「まあ、さようでございますか」

女は興ざめしたように、笑顔をひっこめた。
二、三杯盃をやりとりしただけで、甚内は女を残してぼたん家を出た。身分を明かさない人間と酒を飲んでもうまいとは思えなかったし、飲みながら相手の正体をさぐろうというほどの興味もなかった。
女の色香は相当のものだが、妻女の朋江も家中にきこえた美人である。甚内は日ごろ美人には食傷していて、少々どぎつい色気に出会ってもおどろくことはない。大年増（おおどしま）の色香に惹かれる気持もうすかった。早々に城下にもどって、命ぜられた役目を果してしまおうと思っていた。

自分がどういう用事をはたしたのかが判然としないところに、甚内は一点の気持のひっかかりをおぼえていたが、よけいな気を回すことはない、言われたことをやればよいという栗田家老の言葉を信用することにした。あとは女から預かった封印つきの紙包みを家老にわたせば用事は終りである。奇妙な用だったが、それで減らされた五石がもどって来るなら、たやすい用だったとも思った。

最後の村を通りすぎると、前方にかすかな明かりが見えて来た。城下である。時刻はおよそ四ツ（午後十時）を回ったころかと思われたが、栗田にはまっすぐに屋敷に来るようにと言われている。甚内は疲れた足をはげまして、城下の手前にある松林の中の道を通りすぎた。

突然に闇の中から誰何を受けたのは、林から出たときである。闇の中の声が言った。

「川波甚内か」

「さよう。そう言うそちらはどなたかな」

答のかわりに、いきなり刀が走って来た。眼の前の闇が重く、はげしくはためいた。刀は一本ではなかった。とっさに甚内がかわすと、つぎの刀が襲いかかって来た。

――囲まれている。

甚内は総身の血が凍るような気がした。待ち伏せである。むろん、敵の狙いは懐にある封印の包みだろう。栗田家老に命ぜられた用には、一点釈然としないものがあると思ったのは、この危険がそれだったのだと甚内は思いあたっている。

抜き合わせて、いま出て来たばかりの松林まで走りもどった。松の幹を背にして青眼に構える。すると墨がにじむように、三方から迫って来る人影が見えた。この暗い夜の中にも光というものはあるらしくて、その光をあつめて鈍くのびる刀身も見える。襲撃者は五人だった。

甚内は横に身体を移した。暗い中では動く方が有利だとわかっている。同志討ちを恐れる敵は、多分思い切って踏みこむことをためらうだろう。その間隙を衝けば、包囲を破ることが出来そうだと思った。

甚内はまた、そろりと横に動いてつぎの松を背にした。すると闇の中の敵も一斉に動いた。その気配で、およその敵の位置が知れた。右にいる敵は、前に出すぎている。逸っているのだ。危険な敵だった。

正面と左手にいる敵は、少し距離をあけている。正面の三人はつぎにわずかに間をつめて来たが、左の敵は深くしりぞいたままである。この男が指揮者なのかも知れなかった。

甚内は体を沈めて、右手の敵に襲いかかった。踏みこんで上体を屈伸しながら下から刀を薙ぎ上げる。手ごたえがあった。正面の敵が二人、すかさず刀を振りおろして来たが、思ったとおり踏みこみは浅い。甚内はその剣を振りはらいながら一気に左手に走った。

黒い人影が、ぬっと眼の前に現われる。布で顔を包んでいるのも見えた。その敵は、甚内をむかえて俊敏な剣をふるった。ほとんど相討ちかと思われた闇の中の無言の斬り合いは、わずかに走った勢いにまさる甚内に分があった。闇に沈む相手をたしかめる間もなく、甚内は体を転じて追って来た敵の中の一人を斬った。

四

闇の中の斬り合いからおよそひと月半ほど経った。その間甚内は、耳を澄ますようにして二つのことに注意を払っていた。

ひとつは斬り合いについてのうわさである。その夜、甚内は三人を斬っている。手負いが出たことは間違いなく、ひょっとしたら死者を出したのではないかと思われたのに、それらしいうわさはどこからも聞こえて来なかった。したがって甚内を襲った男たちが何者かは、不明のままである。命令を下した人間は、よほど巧妙にその事件を隠蔽したのだと思われた。

もうひとつは減石解除の知らせである。松林はずれの襲撃を斬り抜けて、甚内はその夜首尾よく栗田家老に封印された包みをとどけている。見込まれただけの働きはしたと思っていた。あとは家禄を元にもどすという上からの示達を待つだけだったが、その知らせが容易に来ないのである。ひと月半経ったが何の音沙汰もなかった。

かりに示達は先のこととしても、何らかの意思表示があるべきだと甚内は思っている。そして、もしや家老はあのときの約束を忘れたのではなかろうかと、ようやく焦りを濃くしはじめたころに、ある日甚内は御蔵奉行の松川清左衛門に屋敷まで呼ばれた。

季節は梅雨に入って、城下は連日雨に降りこめられている。霧雨のような雨が降ったあとに、いくらか日が射しそうに思われるのも束の間で、空はたちまち真黒に変って土砂降りの雨が降って来るという日がつづいていた。その夜も雨で、甚内は傘をさして足助町にある奉行の屋敷まで行った。

着くと、玄関には松川家の下男が待っていて、甚内をすぐに奥の部屋に案内した。そして通された部屋には上司である奉行の姿はなくて、家老の山内蔵之助と大目付の大熊百弥太が待ちかまえていたのである。

部屋を間違えたのではないかとうろたえた甚内に、大目付は中に入って坐れと言った。

「訊問ではない。楽にしろ」

緊張している甚内に大熊はそう言い、これから聞くことに何事であれ偽りを言ってはならん、正直に答えろと言った。

「先々月の末……」

と言ってから、大熊は正確なその日付を言い直した。

「当日、高泊まで行ったな」

「はい」

「非番の日とはいえ、組の者はむろん、家の者にも行先を告げずに行ったそうだな。なぜだ」

「用を命ぜられた方が、そのようにしろと申されましたので」

「それは栗田どののことだな」

「さようでござります」

すると大熊は、山内の方を向いてかくのごとくやり方が巧妙でござる。これではなかなか知れ申さんと言った。山内は少しはなれたところに坐って二人を眺めていたが、大熊がそう言ったのには答えなかった。両手で茶碗をつかんで黙ってお茶をすすっている。

大熊は甚内に顔をもどした。そして甚内の表情に気づいたらしく、いや巧妙というのは貴様のことではない、気にするなと言った。

「で、高泊に行って誰に会ったな?」

「女子でござります」

「場所は吉野町のぼたん家か」

「はい」

「その女子、名前を名乗ったか」

「いえ」

「どんな女だったか、申してみろ」

「されば、三十半ばでみめよい女子にござりました。商家の者かと思われました」

「小松屋のおかみですな。間違いありません」

大熊は山内に言った。家老はやはりうなずいただけである。

「それから、会っていかがした?」

「こちらから持参した物とむこうが持参した物を交換いたしました。そういう言いつけでありましたゆえ」

「こちらから持って行った物は何だ、金か？」

「かと思われました。しかし中身を見たわけではありません」

「川波の感じでは、もし金とすればどのぐらいと思えたな？」

「ざっと四、五百両かと」

「四、五百両」

大熊はまた山内を振りむいて、二人はうなずき合った。

「引き換えにむこうからもらったものは何だ」

「紙の包みにございます。封印がしてありました」

「それだけか？　物を交換して終りか？」

「は？」

「いや、小松屋のおかみなら評判の美人だ。そのあとで一杯やろうと誘われたのではないかと思ってな」

「はあ、二、三杯酒を頂きましたが、それだけでござる」

「そうか。それは惜しかった」

大熊がにたにた笑うと、それまで無言だった山内もふっふと笑った。ところで、と言って大熊は背をのばした。

「その紙包みの中身は、何だと思ったな？　見当がつかんか？」

「手紙か、あるいは何かの書類のようなものではありませんか」

「なるほど」

大熊は腕組みして天井をにらんだ。太い腕だった。しばらくそうしていてから、腕を解いた大熊が言った。

「その書類か手紙のようなものは、栗田どのにとどけたわけだ」

「はい」

「ところで、話は違うが……」

大熊は鋭い眼を甚内に据えた。

「普請組の橋本、小姓組の棚倉、勘定組の村井の三男坊で石之助という冷飯喰い。この三人の名前を聞いて、何か心あたりがあるか」

「いえ」

と言ったが、甚内はこのとき頭の中にかねての疑問が気泡のようにうかび上がるのを感じた。

「もしや、その三人は高泊からもどった夜、それがしが斬り合った者たちではありませんか」

「そのとおり」

と大熊は言った。

「村井石之助はひそかに養生していたが、一昨日絶命した。橋本、棚倉も重傷を負っているが、こちらは命に別条はないらしい」

「……」

「若い連中を使嗾して、貴様を襲わせたのが誰かわかるかの」

「……」

甚内はちらと山内家老を見た。すると山内が顔も動かさずに、わしではないぞと言った。

「ご家老じゃない。教えてやろう。襲わせたのは栗田どのだ」

「まさか」

「なに、橋本、棚倉がそう白状しておる。まことの話だ」

甚内は声が出なかった。

「ま、おどろくのは無理がないが、栗田どのは貴様を使って首尾よく小松屋から危険な書類を取り返したが、その事実が貴様の口から外に洩れてはならんと考えたのだろうな。あのご仁には、保身のためには手段をえらばぬところがある」

「……」

「ところで今度の調べでは、小松屋にある書類が動いたことはわかったが、高泊まで行ってその役目を果したのが誰かわからず、川波を割出すのに苦労した。貴様と栗田どのには何のつながりもないからの」

「……」

「栗田家老に合力した理由は何だ？　金か？」

「いえ、違いまする」

甚内は心外だった。大声で否定すると大目付がしっと言った。

「大目付もご承知のとおり、それがし二年前に家禄を五石削られてござります」

「ああ、それか」

「それがしの代に禄を減らされては、きわめて不名誉。苦慮しておりましたところに栗田さまからお話があり、それだけの用を足せば禄は元にもどそうと……」

「甚内は川波の婿でござる」

大目付は山内家老に説明した。

「家禄を旧に返したさに、栗田どのに合力したげにござる」

「五石は返してもらったか」

と山内が言った。

「いえ」

「それではわしが返してやろう。ただしその前に、藩のために働け」

山内は掌の中でもてあそんでいた空の茶碗を盆の上にもどすと、膝を甚内に向けた。温厚な丸顔のまま、淡々とした声で言った。

「さきに貢租の収納をめぐる不正があらわれて、金森庄兵衛以下多数の処分者を出したとき、主謀者は庄兵衛と断定した。ところが事実はさにあらず、真の主謀者がほかにおることが判明した。栗田兵部だ」

「……」

「高泊の富商、湊奉行、一部の蔵屋敷の役人を巻きこむ大がかりな不正でな。まだつづいておった。判明した以上は、ほってはおけぬゆえ、兵部を城に呼んで糾明する。いさぎよく罪に服すればよし、強弁してのがれるようなときはその場で処分することを打ち合わせた。雲弘流には短刀術の秘伝があるそうだな。手を貸せ」

五

その日甚内は、法蔵寺の鐘が八ツ（午後二時）を知らせてから、半刻ほど午睡をした。そして目ざめると妻女の朋江が支度した粥を腹におさめ、衣服を改めて家を出た。朋江には、城に呼ばれているとだけ言い、詳細は告げなかった。

非番の日なので、甚内は肩衣はつけず、羽織を着ている。その姿で唐門と呼ばれる裏門から城中に入ることになっていた。栗田兵部の不正糾明は、極秘のうちに行なわれる。城中には栗田の加担者が多勢いて、洩れれば予想以上の騒ぎを惹き起こすだろうと懸念されているのである。甚内の行動も極秘だった。

梅雨の晴れ間というのだろう。空にはときどき淡あわしく白い雲が行きすぎるものの、ひさしぶりに青空がひろがり、まぶしいほどの日射しが木々の青葉にはねている。甚内はいそぎ足に町裏の道をたどって行った。

栗田家老の斜明は七ツ半（午後五時）からはじまることになっていた。甚内は少なくともその四半刻（三十分）前には、大目付と打ち合わせたとおりに、二ノ丸御殿白雨の間の内廊下まで行っていなければならない。ただし、到着があまりはやすぎてもまずいだろうと甚内は思っていた。白雨の間の内廊下はふだんもあまりひとの通らない場所だが、それでも下城前に到着するとひとに会う恐れがある。

甚内は寺町に入った。寺院の塀の白壁と、塀の内側に茂る青葉の上に斜めに日が射しこんでいる道は、人影もなくひっそりとしている。甚内は足どりをゆるめた。そこまで来れば、もう城に着いたも同然だった。寺町を抜けると、裏門前の濠ばたの木戸に出る。

うつむいて塀の角をひとつ曲った。そのとたんに、甚内はうしろに飛んですばやく羽織の紐を解いた。男が立っていて、腕組みを解いて道の真中に出て来ると、やあと言った。馬廻組の佐野慶次郎だった。

佐野が栗田兵部の手足ともいうべき男で、しかも城下でもっとも大きい一刀流の葛西道場の高弟であることを、甚内は大目付から聞いている。油断のない眼をくばりながら、羽織をぬいだ。

「そこを退いてもらえぬか」

佐野は甚内より三つほどは齢が下だろう。若々しい精悍な笑顔をむけて来た。

「そうはいかぬ。貴公を四半刻ほどここで喰いとめるのが、それがしの役目だ」

佐野はそう言うと、じりじりと後にさがって、いつでも刀を抜けるように体を固めた。甚内はいささか衝撃を受けていた。これからの手順が栗田家老の側に洩れているのだ。このおれも、見張られていたに違いない。

だが、その衝撃を顔には出さなかった。佐野を見守りながら甚内は言った。

「四半刻？　それはむつかしかろう」

「……」

佐野慶次郎は笑っている。歯の白い男だった。

「松林でおれを襲ったときも、貴公がいたのか」

「ご冗談を。あの連中と一緒にしてもらっては困る」

「よほど腕に自信がありそうだな」

「自信はあるさ。でなければ雲弘流の川波を一人で待ち伏せたりはせぬ」

また、白い歯をみせて笑った。

「斬って来ぬか、ごますり甚内」

甚内は答えずに笑い返した。佐野が自分を怒らせようとしているのがわかった。笑顔のまま、前に出た。

佐野がうしろにさがった。甚内はかまわずにすたすたと前に出た。無造作に間合いをつめられて、ついに佐野が先に刀を抜いた。甚内はその瞬間を待っていたのである。左手につかんでいた羽織を、投網を打つように佐野を目がけて投げた。

佐野はさすがに葛西道場の高弟らしい、軽捷な動きを見せた。羽織にはかまわずに、地を滑るように体を傾けながら斬りこんで来た。だが甚内も同時に前に走っていた。地を擦るように、佐野の剣が下からはね上がって来る。迅いその剣を、甚内は上から叩き伏せるようにして体を入れ換えた。軸足一本で、甚内はくるりと体を回した。不安定なその形から、右足を踏みこんだときには剣は雲弘流独特の八双から打ちおろす型に嵌っている。のびた切先が、引こうとした佐野の腿を切った。

屈せずに、佐野は立て直した体勢から踏みこんで来た。唸るような豪剣だったが、甚内がすばやく横に跳んだので、佐野の剣は甚内の袂を切り裂いただけに終った。そのまま、佐野は体勢を崩して塀の下に横転してしまった。

すばやく上体を起こし、苦痛にゆがむ顔で刀を向けて来る佐野を一瞥すると、甚内は羽織を拾い上げていそいでその場をはなれた。

四半刻後、甚内は二ノ丸御殿の内廊下に、膝を折り敷いてうずくまっていた。濠ばたの木戸、唐門には大目付の手が回っていて、名前を言うと番士が無言で甚内を中に通した。甚内はそこから二ノ丸御殿の裏に回り、町方の者が出入りする台所口に行くと、吉村という賄方の男を呼び出して大小を預け、建物の中に入った。そうするように、大目付から言われている。

無腰のまま、甚内は次第に暗くなる廊下にうずくまっている。栗田家老の糾明は、白雨の間から数えて二つ奥にある黒風の間で行なわれているはずだった。黒風の間は、監察の間とも呼ばれて、家中の非違について重職が協議するときに使う部屋でもある。甚内は耳を澄ましているが、二ノ丸御殿の奥になるそのあたりはひっそりとしたままで、何の物音も聞こえて来なかった。

甚内は顔を上げた。その顔を静かに傾けて物音を聞こうとした。遠いところで、ひとが叫んだのを聞いたように思ったのだが、声はそのひと声だけだった。あたりはまた静まり返り、いまの声はそら耳かと思われたとき、白雨の間の内側にひたひたとひとの足音が聞こえた。そして襖があくとひょいと廊下に出て来た者がいる。栗田兵部だった。手に抜身を下げていた。

うす暗い廊下に、甚内はすっくと立ち上がった。栗田は立ちどまって、たしかめるようにしばらく甚内を見ていたが、やがてそろそろと近づきながら声をかけて来た。

「討手は川波甚内か」

「ごめん」

と甚内は言った。すべるように前にすすんだ。右手も左手も懐手をしているように袖口から中に入っている。栗田が走って来て斬りかかった。甚内は体を傾けてかわした。そのときは手は懐から出ていて、すれ違いざまに甚内の左手はしなやかに栗田の胴に巻きつき、相手の自由をうばっている。

振りはなそうともがく栗田のうしろ首に、甚内は右手の短刀をすばやく刺しこんだ。切先で頸骨をさぐると、ひと抉りして引き抜く。声を上げる間もない一瞬の技だった。腕の中でぐったりと重くなった栗田の身体を足もとにころがすと、甚内はあとは見向きもせずに廊下の出口にむかった。短刀は懐の中で鞘におさまっている。廊下のはずれに達したときに、ようやく白雨の間の奥にひとがさわぐ声が聞こえた。

台所の外に行くと吉村が立っていて、無言のまま甚内に両刀をわたした。誰にも見咎められず、甚内は唐門から城の外に出た。

暑い夏の間に、栗田兵部の与党の処分が行なわれて、一時は騒然とした藩内の空気も秋口には一段落した。これで山内家老は懸念なく藩政を切り回すことが出来るだろうと言われた。

梅雨が長かったせいなのか、その秋は好天の日が多かった。川波甚内は相変らず大声でごまをすっていた。

「よい日和にござりまする」

甚内は晴ればれとした声で言い、相手が何か持っていれば、さっそくに手を出す。

栗田の一党の処分が終ったところで、減らした五石を旧にもどし、その上新たに五石を加増するという上からの沙汰があった。政変の中で果した働きを認められたのである。甚内はもはやごまをする必要もないのだが、気持がはずんでまだ軽薄な機嫌とりがやめられないでいる。多少は習い性になった気味もあった。

甚内の声はよく通る。その声が聞こえて来ると、事情を知らない若い藩士は露骨に苦笑を洩らし、老人はにがい顔で声がした方をにらんだ。甚内は依然として軽侮と紙一重の眼で見られている。

ど忘れ万六（まんろく）

一

四十坪足らずの菜園の隅に、鶏頭が真赤にいろづいている。むかしからそこにある花である。手入れをする様子もないのに、よく咲くものだと、鼻毛を抜きながら万六が感心していると、足音が聞こえた。

咳ばらいして、樋口万六は縁側から部屋の中にもどった。襖があいて嫁の亀代が入って来た。手に朝食の膳をささげている。仏頂づらをして小声で何か言ったのは、朝の挨拶をのべたのだろうが、万六には聞こえなかった。

「あれは、ナニは……」

と万六は言った。ど忘れして伜の名前が出て来ない。

「もう行ったか」

廊下から丸いお櫃をはこび入れながら、亀代はやはり小声ではいと言ったが、それがどうかしたかと言わんばかりに、万六の顔も見なかった。

――参之助め。

近ごろは、舅を粗末にする嫁にかぶれて挨拶もせずに登城するようだと、万六はやっと名前を思い出した伜に、心の中で悪態をついた。

食事の支度をはこび入れて、そのまま行くかと思ったら、亀代は顔を伏せたまま飯を給仕した。めずらしいこともあるものだと思いながら万六は、黙々と朝飯をたべた。

元来胃ノ腑は丈夫なたちで、今年の暑い夏にはさすがに閉口して食が細くなったものの、その時期が終ると万六の食欲は、快調に元の調子を取りもどした。今朝もすこぶる飯がうまい。

——ひとつは……。

亀代が料理上手だからでもあるな、と万六は思っている。亀代は美人で気がつよく、舅を舅とも思わないところがある嫁だが、感心なことに台所仕事を厭わずまた上手でもあった。

もっとも、料理上手といっても普請組勤めの四十五石の家である。毎日の食事にさほどの金をかけるわけではないが、亀代はその限られた費えの中で馳走をととのえるのが巧みな女だった。

たとえば万六の朝の膳である。小茄子の塩漬けと少量の菊の花の酢の物、それに昨夜の塩鮭の残りと味噌汁といった中身だが、小茄子は俗に嫁に喰わすなという秋茄子、菊の酢の物とともに上等の味を持つ漬け物である。塩鮭は昨夜の残り物といっても、喰いかけのところは取り去ってこんがりと焼き直してあるし、味噌汁は青菜に賽の目に切った豆腐というぐあいで、およそ手抜きということをしないのが亀代の料理だった。

豆腐や魚も、並びの普請組の家々では、外から触れ売りで回って来る豆腐屋、魚屋で買物の用を済ませ、死んだ万六の妻などもずっとそうしていたのに、亀代は織物の内職がいそがしいときはべつにして、ふだんは坂下の商人町まで出かけて豆腐だ、魚だと買いもとめて来るらしかった。亀代が台所をするようになってから、食事がひと味変って来たように思うのはそのせいに違いなかった。

万六は満足して三椀目の飯椀をつき出したが、亀代は手を膝に置いたままうつむいていて気づかない。何か考えごとをしているように見えたが、その顔いろが暗かった。

「これ」

声をかけると、亀代ははっと顔を上げて飯椀を受け取ったが、万六を見た顔に一瞬おびえに似た表情がうかんだのを万六は見のがさなかった。何事だと思った。気性の勝った亀代には似つかわしくない顔である。

「何かあったのか」

と万六は言った。だが万六に飯を給仕すると、亀代はまた深くうつむいてしまった。そうかといって、立って部屋を出るでもなくそうしている亀代を、飯を嚙みながら万六は注意深く眺めている。

それから飯椀を下に置いて言った。

「何事か知らんが、胸にしまっておくのはよくない。話したらどうだ」

「……」

「参之助といさかいでもしたか」

「ちがいます」

言うと同時に亀代は袂をすくい上げ、横をむくとこらえかねたような嗚咽の声を洩らした。

――何だ。

万六は唖然として、肩をふるわせて泣いている嫁を見つめた。飯どころではなくなって来た。

二

一年前に、樋口万六は勤めからひいて隠居した。齢は五十四だった。

普請組の小頭を勤め、小柄ながら身体が丈夫で、万六は自身でも隠居するにはまだはやいと思っていたのだが、五十を過ぎたころからにわかに物忘れがひどくなった。と言っても万六の場合はその忘れたものは大方後で思い出すので、それで老いぼれてしまったということでもないようだったが、部下を前に言いわたすべき命令をど忘れしたり、面とむかってしゃべっている相手の名前をどうしても思い出せない、などということがつづくと勤めにもさしさわりが出て来た。

そしてある日、万六に即座に隠居の決心を固めさせるような事故が起きた。いや、起きかけたと言うべきかも知れない。普請組の一部が馬頭川の堤防工事にかかっていたときのことである。

　もっともそのときは工事は九分通り完成して、工事場に残るのは万六の組と組にずっと附属して働いていた二十人ほどの人夫だけになっていた。仕事も、すでにはこびこんである土で土堤の上部を固めるほかは、石垣を積むために堤防の内側に張りめぐらしてあった木枠を取りのぞいたり、川底に散らばっている工事道具を引き揚げたりという、後始末に類したことだった。土を固める場所も、残りはわずかに一町あまりに過ぎない。仕事は日暮れを待たずに終るだろう。

「よいか」

　万六は数人の部下に仕事の中身を説明したあとで、念を押した。

「まず川の中に残っている荷車や胴突きの道具をかたづける。つぎに木枠をはずしてそれが終ったら土固めにかかる。その順序だ。わかったな」

　言いながら万六は、ついでにつけくわえなければならない何か重要なことがある、という気がしきりにしたのだが、それが何かはとうとう思い出せなかった。思い出せないままに、部下を一人連れて工事場をはなれた。

　工事場は部下にまかせて、万六自身はそこから二里ほどはなれている水門を見回りに行くのである。馬頭川からわかれている五兵衛堰という小川の水門がこわれたという届けがあって、その破損の程度を見て来るように、組頭から言われていた。

　その場所に着いてみると、五兵衛堰の水門は無残にこわれていた。部厚い木の扉の半分が割れて、水門は半ば閉じられているものの水を堰きとめる役目を果していないのである。溢(あふ)れる水が、大きく割れた扉の隙間(すきま)から奔出して下流に流れこんでいた。これでは下流の村から苦情が出るのも無理はあるまいと万六は思った。時は秋で、田に水が欲しい時期は過ぎている。

――馬頭川の工事のせいだな。

と万六は思った。

堤防工事のために、馬頭川も上流で水門を閉じている。その水門のさらに上流からわかれて来る五兵衛堰の水量がふえているのは当然だった。むろんその水量を調節するために、五兵衛堰の水門をある程度閉じたのだが、水門の材木そのものが古くなっていて、水の重圧に堪えきれなかったのだろう。奔出する水がごうごうと鳴り、半ばこわれた水門は無気味に震動している。

「二日前の雨のせいだ」

万六は一緒に来た庄司(しょうじ)という部下に言った。そう言ったとき、万六は頭の中に何か重大なことがうかび上がって来るのを感じ、言葉を切って宙をにらんだが、うかんで来たものは万六がそうして身構えたとたんに消えてしまった。

「そっちを見てくれ」

万六は庄司を小川の向う岸にやって、反対側の扉をたしかめさせた。

「どうだ？　下に見えるのは罅(ひび)じゃないのか」

「鯙です」

若い庄司は、岸に腹ばって水面に身体を乗り出すようにして見ていたが、やがて身体を起こすと大きな声で言った。

「かなり大きい鯙が入っています。これじゃ長くはもちそうもありませんが」

「結局、そっくり取りかえぬといかんということだな」

よし、わかったと万六もどなり返し、もう一度丹念に検分してから、庄司を呼び返して水門をはなれた。

五兵衛堰に沿う稲田の中の道をひき返して来ると、遠い鐘の音がした。城下の円徳寺の鐘である。その鐘の音が、万六の気持の中に朝からひっかかっていたことを思い出させた。

「四ツ（午前十時）の鐘だな。しまった」

と万六は言った。あとは物も言わずに駆け出した。おどろいた様子で、庄司もあとを追って来る。

二日前に雨が降って、馬頭川の水が増水していた。支流は五兵衛堰だけでなく、上流にもお何本かあったから、にわかに馬頭川が溢れるということはなかったが、増水した水が工事のために堰きとめてある水門を越えようとしていた。これ以上無理をしては水門がこわれるから、水を通したい、工事のすすみぐあいはどうなっているかという問い合わせが郡代屋敷から普請組に来たのが昨日の夕刻である。

普請組では協議した結果、堤防の土固めは通水とは関係がなく、結局必要なのは後片づけに要するひまだけだと判断した。川底にある工事道具を引き揚げ、木枠を取りはずすと言っても、残っている木枠はいくらもないので、手ばやくやれば半刻（一時間）、手間がかかっても一刻（二時間）はかかるまいということになり、四ツには水を通して差支えなしと郡代屋敷に返事したのである。

現場の直接の責任者は樋口万六である。万六は、それだけの状況を頭の中にいれて、今日の仕事の手順を言いわたしたのだが、肝心のことを言い忘れた。四ツには水門がひらくということが、いざ仕事を言いわたすときになって頭の中からすっぽりと抜け落ちてしまったのである。

汗みどろになって、万六は走っている。汗がふき出るのは走るせいばかりではなかった。馬頭川は幅六間余、大河とは言えない川だが、それでもたっぷりと水が流れているときは、人も馬も押し流す力を持っている。いたるところに人の背丈がかくれる深みがあって、流されればよほどの水練の名手でもなければ、助かるのはむつかしい。

残して来た部下と人夫が、万六の指示にしたがって手順よく仕事を片づけていれば、いまごろは全員川から堤防に上がっているはずである。だが、指示した手順をたがえたり、万六の監視がないのをさいわいに仕事を怠けたりしていれば、上流から一気に流れくだる水に巻きこまれるのは必定である。

そのおそれと、水門がひらくという一事を思い出せなかった後悔が、万六を汗まみれにしていた。そして汗にまみれて走りながら、万六は絶望的な気分で、城勤めもこれまでだ、おれも老いたと自分に言い聞かせていたのである。

事件の成行きによっては、隠居するぐらいでは済まない重大な過失になるはずだったその日の事故は、さいわいに川底に残っていたのが人夫三人だけで、それも水が来ると同時に土堤にいた者の手で救出されたので、形としては万六の過失は工事場にいた人びとをおどろかせただけで済んだ。

しかし、万六は工事が終ったあとでその日の事故を上司に届け出て、譴責を受けた上で隠居願いを出し、城勤めを息子の参之助に譲ったのである。

隠居したあとの日々は、万六がかねてこうなるだろうと思っていたような味気ない毎日になった。

藩の台所が苦しいという理由で、家中藩士は藩に禄米の一部を貸していた。貸すといっても、その禄米は還って来たためしがなく、また借上げは強制的に行なわれるので家中の家々にとっては事実上の減石にほかならなかった。

借上げは禄高に応じて行なわれるといっても、二百石の家が三十石貸すのと、四十五石の万六の家が五石貸すのを同列には論じられない。万六のように軽輩の家では、四十五石でもすでに暮らしに窮しているところに五石減らされれば、あとは内職でもするしかないのである。万六の家にかぎらず、百石以下の家はどこでも何かしらの内職をやり、それを藩が咎めるどころか、相当の内職なら奨励もしているのが近年の風潮だった。

万六の家でも、嫁の亀代が機を織り、参之助が木彫りの達磨を彫って家計の足しにしていた。それでも一家の主(あるじ)として城に登っている間は、ひととおりはそれらしく待遇されるのだが、隠居してしまえば、昨日までの一家の柱はたちまち家の中の厄介者(やっかいもの)に下落しかねない、と万六は思っていたのである。

　厄介者というほどではないが、隠居した当時のいたわりや丁寧な扱いが、ひと月たちふた月たつうちに次第に色あせて来て、やがては伜(せがれ)も嫁も何かしら自分たちだけいそがしげに、万六に対してはろくに口もきかなくなるまでそう長い月日はかからなかった。その上嫁の亀代は、秋になると例のきっぱりした勝気な口調で、今日は畑を手伝っていただきますよ、おとうさまと、菜園の大根、長芋を掘るのに二日も万六をこき使ったのである。この菜園は、外から共同で人を雇って野菜をつくっているのだが、亀代は時々自分で畑仕事もする。亀代は働き者だった。

　ま、参之助のように木彫りが出来るわけでなし、散歩して昼寝をして飯を喰うだけでは、多少冷遇されてもやむを得まい。こっちはあとは年寄るだけなのだから、せいぜい嫁に嫌(きら)われぬようにするのが肝心だろうと、万六は若夫婦を横目に見ながら、いくらか二人に距離をおいた気分で暮らしていたのである。

　そのよそよそしい嫁が、舅の前もはばからず泣くのは、よほどのことがあったに違いないと万六は思わざるを得なかった。

「どうした？　わけを話さぬか」

と万六は言ったが、このときふと、袂に顔を埋めて泣いている嫁に強い愛憐(あいれん)の気持が動くのを感じた。

亀代は幼児のころに両親を失い、たらい回しのようにして親戚に養われて成人した女子である。この娘は親の情というものを知りません。縁あって嫁となされる以上は実の親のごとく情をかけて頂きたいと、仲人の曾根源左衛門が言ったのを、万六はいま思い出している。舅の部屋に来て泣くのは、ほかに行って泣く場所がないからに違いなかった。そう思って眺めれば、顫えているうすい肩のあたりがことさらに哀れにも見えて来る。

ふと、万六の頭にひらめいたことがあった。

「参之助にも内緒のことらしいな」

その声で亀代ははじめて顔を上げて舅を見た。まだ子を持たない嫁である。涙に汚れた顔が娘のように見えた。

「さあ、話してみろ」

万六が重ねて言うと、亀代は懐紙を出して鼻をかみ、それから日ごろの口調にも似合わない小さな暗い声で言った。

「ひとに脅されています」

「脅されている？　誰にだ？」

「大場庄五郎さまです」

「……」

万六は眼をほそめて嫁を見た。大場庄五郎は普請組組頭の総領で、家中の者が内職に織る織物を預かって、時の相場で町の商人と取引する会所をたばねている男である。

上士の家の子は、大方は小姓組に登用されて父親と並勤するのが例なのに、庄五郎が一度もそういうことがなくいまも織物会所のようなさして日のあたらないところにいるのは、性格が粗暴で城勤めが無理だったからだと聞いている。性格粗暴だが剣は出来て、城下の室井道場で高弟の一人に数えられていたといううわさも万六は耳にしていた。

「大場庄五郎が何を言っているのだ」

「……」

「隠さずに申せ。わけを聞かずに相談には乗れんぞ」

青ざめた顔をうつむけて、亀代が言った。

「片岡文之進さまとお茶屋から出て来たところを、大場さまに見つかりました」

三

片岡文之進が下城して来るのを、万六は片岡の家がある笄町の入口でつかまえた。色白で長身、亀代の言ったとおりの風采の男でひと目でわかった。

「片山どのですな」

「いや、それがしは片岡ですが」

「そう、そう。片岡どのだ」

　万六は道をふさぐように、文之進の前に回った。と言っても、相手の背が高いので、小柄で腹が出ている万六はいくらかのけぞり加減になる。

「樋口の隠居でござる。普請組の樋口」

「あ、すると亀代どののご舅御ですかな」

　文之進はにこやかに言った。ふた月ほど前に、数年にわたる江戸詰を終って帰国したばかりだというが、なるほど長い間江戸の水で顔を洗って来ただけあって、片岡は物腰如才ない男だった。齢は二十八、九。参之助と似たものだろう。

「今日は何か、それがしにご用でも」

「少々うかがいたいことがござって、罷り越した」

　万六は、半月ほど前に菊井町の小萩茶屋というお茶屋で亀代に茶を馳走したというのは事実であろうかと言った。片岡の家は百石なので丁重に聞いたつもりである。

「小萩茶屋？　半月前とな？」

　文之進は腕組みして眉をひそめたが、すぐに腕組みを解くとぱんと手を打ち合わせた。垢抜けした容貌と見ばえのいい体軀を持ち、参之助などはとうていおよびもつかない見てくれをしているのに、片岡文之進は江戸仕込みのやや軽々しい所作が身についている男のようでもある。

「いかにも、思い出した。たしかに亀代どのに茶を馳走したが、それが何か？」

と言ったが、文之進は万六が猜疑にみちた眼でじっと自分を見ているのに気づいたらしく、たちまち狼狽した顔になった。

「いやいや、馳走したと言っても他意はございませんぞ、ご隠居。亀代どのは、それがしの家が宮川町にあったころ、隣同士で親しく朝夕の挨拶をかわした間柄。ひょいと菊井町の路上でお逢いしたゆえ、あまりの懐しさに少々むかし話をしたまで」

「その、何とか申すお茶屋だが……」

はやくもお茶屋の名前をど忘れした万六が言った。

「奥では酒も出す店であるのをご存じでしたかな？」

「酒？　それはない、ご隠居」

文之進は女のように白くて指の長い手を、いそがしく振った。

「いくら懐しいひとに逢ったと言っても、亀代どのはいまは樋口家の嫁女。酒をのんだりはせぬ。そのぐらいの作法は、それがしもわきまえておる」

「……」

「それよ、むかし話をしたといっても、せいぜい四半刻（三十分）。お疑いなら小萩茶屋でたしかめてもらいたいものだ」

「間違いありませんな」

「誓って。それがしもすでに妻に迎えるひとが決まって、来春には祝言を挙げる身。疑われるような真似はせぬ。信じてもらいたい」

「なるほど」

万六はうなずいた。

「よろしい。お手前のはなされることを信じましょう。しかし、わしは信用するとして、お手前と嫁が連れ立って小春茶屋から出て来たのを見て、嫁に脅しをかけて来た者がおる」

「小萩茶屋」

訂正してから、文之進は眉をひそめた。

「脅しとな？」

「世間には黙っていてやるゆえ、一度おれの言うことを聞けと申したそうにござる」

「亀代どのは美人ですからな、ふむ。しかし何者ですか、脅しをかけたというそのばか者は？」

「大場庄五郎をご存じか」

「……」

黙っているが、文之進の頰がひきつった。大場庄五郎が何者かは知っているのだ。

「ご存じのようですな。まったくわるい男の眼にとまったものでござる」

「……」

「そこで今日のお願いだが、いかがでござろうか。その大場に会って、やつが脅しの種にしている事柄がまったくの誤解である旨を、お手前から話していただくわけにはいきませんかな」

「それがしが？　大場に会う？」

文之進の顔いろが、みるみる真青になった。顫える声で、それは困ると文之進は言った。

「そういうことは、直接にご隠居が掛け合う方がよろしい。それが筋でもある」

「いや、わしが乗り出しては事がちと大げさになり申そう。当事者であるお手前に釈明してもらえば、それがくだらぬ誤解をとく一番の近道」

「しかし困るなあ」

尻ごみしながら、文之進が言った。

「それがしも帰国したばかりで、大事の時。さような面倒に巻きこまれるのはいかにも気がすすまぬ。申したとおり、来春には祝言をひかえていることでもあるし……」

「しかし、片山どの……」

「片岡でござる」

「片岡どの。お手前にも一半の責任はござろう。亀代にかかった迷惑を見て見ぬふりをするのは、男としていかがなものか」

「そう固いことを言われてもなあ。なにせ大場という男は、むかしから聞こえた乱暴者」

言いながら文之進は、尻さがりにさがって万六との間に距離をあけた。そして急に快活な声になって、こういたそうかと言った。

「まず年の功で、ご隠居からさきに掛け合ってもらう。それでどうにも埒あかんようであれば、そのときはやむを得ぬ、それがしが乗り出して談判すると。その段取りで行こうではないか」

それがよい、では今日のところはこれでごめんこうむると、一方的にしゃべりおわると文之進はそのまま背をむけ、足早にその場からはなれて行った。振りむきもしなかった。要するに責任を万六に転嫁して逃げてしまったのである。

——しようがない男だ。

万六はため息をついた。片岡が骨のある男なら、亀代にふりかかった迷惑はこちらの責任、おれがひきうけて始末するぐらいは言ってくれるのではないかと期待して来たのだが、とんだ見込み違いだったようである。あれはただの、口舌の徒だと万六は思った。

もっとも、よその家のことは言えない。参之助が腕におぼえでもある人間なら、嫁の軽率な振舞いは振舞いとして、よく言い含めて大場の伜に談じこませるところだが、参之助もさっきの片岡にひけをとらない柔弱の徒。事の解決には何の役にも立つまい、と万六は思った。とすればあとは、片岡が言ったように万六がじかに大場の伜に会うしかないようだった。

万六の説明に、相手がそうかとうなずくようなら何の心配もないが、こっちを年寄りと侮って耳傾ける様子も見えないときが問題。そのときは覚悟がいるぞと思った。万六は足をとめた。筓町のはずれにある諏訪神社の前である。

——林崎夢想流……。

もはや錆びたかも知れんが、と思いながら万六はうす暗い境内に入って行った。万六が若いころに、城下に林崎夢想流を教える道場があった。万六は子供のときからその道場に学んで、やがて師匠の寺内弥五右衛門に、技、師を超えると折紙をつけられる名手となった。

しかし万六が家督をついで城に出仕するようになってから数年して、寺内が病死して道場が潰れ、門弟がすべてほかの道場に移ってしまうと、曲師町にあった居合道場のことは次第に人びとの脳裏からうすれて行った。いまは道場のことも、樋口万六の華麗な居合技のことも、口にする者はまずいない。

諏訪神社は、名前こそりっぱだが小ぢんまりした古びた社殿があるだけで、境内は草ぼうぼう、荒地に異らなかった。万六は葉が落ちつくした木槿の前に立った。刀の鯉口を切り、手をゆるやかに垂れて足を配る。そのまま白い箒をさかさまに立てたような木槿を見ながら、気息をととのえた。

四半刻ほどして、万六はひと声気合を発すると腰をひねった。とたんに、「あいた、た」と言うなり腰に手をやって暗い地面にうずくまったが、その頭上に両断された木槿がゆらりと倒れかかって来た。刀は眼にもとまらず鞘にもどっている。

四

「言うことを聞けと言ったおぼえはない」

大場庄五郎はにたにた笑いながら言った。大柄で赫ら顔、まだ若いのに中年男のようにごつごつと荒れた皮膚を持つ男で、笑いながら、細く鋭い眼が万六を見ている。

会所といえば大方は城の三ノ丸にあるのに、織物会所は町はずれの弓師町にある。扱う品物の性質上仕方ないということもあるが、会所の建物は空家になった町家を藩が買い上げて、内職奨励の一環として役所にしたもので、だだっぴろいだけの粗末な家だった。大場のほかに下役一名、足軽二名、取引き先である町家から来ている町人が若干いるだけの役所である。藩に優遇されているとは思えない。

そういうことは、大場自身が一番よくわかっているに違いなかった。大場の家は二百五十石の上士。本来なら城に入って何らかの役職についてもおかしくない家柄なのに、方角違いの弓師町にくすぶっていることのひけ目は、大場の顔にも態度にも現われていて、大場の応対は投げやりな、世を拗ねた男の心情をむき出しにしている。

「しかしナニは……」

と万六は反論した。今度は嫁の名前をど忘れしている。

「ウチの嫁は、たしかに脅されたと申しておる」

「それは何かの思い違いだろう」

「思い違いなら思い違いでよろしい」

と万六は言った。ぬらりくらりとした相手との論争にくたびれていた。

「すると何でござろうか。嫁が小春茶屋から出て来たのは、旧知の片岡どのに誘われてほんの四半刻ほどお茶を馳走になっただけということはわかっていただけたと、したがってそのことを種に、貴殿が嫁を脅したという事実もないと、そう受け取ってよろしいわけですな」

「あそこは小春茶屋じゃないな。小萩茶屋だよ、じいさん」

大場は鼻に軽蔑するような小皺を寄せて、万六を見た。そしてつづけた。

「脅したことはないとは言った。しかし、じいさんの家の嫁が、男と一緒にお茶屋から出て来たのは事実だ。中で酒を飲んだかお茶を飲んだかまでは、おれは知らん。ただ、いま言った事実をだな、おれが世間に言うも言わないも、こちらの勝手だ」

「やっぱり脅しだ。嫁は会所にはもう品物を持ちこみたくないと言っておるから、内職の妨害だ」

万六は立ち上がった。大きな声を出した。

「そのことを上にとどけて出る」

「やめた方がいいぞ。家の恥をさらすだけだ」

「家の恥なんぞはかまわん。嫁の身が大事だ。貴様に手は出させん」

足軽や町人がおどろいてこちらを見ているのを眼の隅にとらえながら、万六は織物会所を出た。すぐに、大場が追って来た。

「おい、じいさん。まだ話が残っておる。ちょっと顔をかせ」

大場は町の無頼漢のような口をきくと、すばやく先に立って路地に曲った。大きな背を見ながら、万六もそのあとにつづいた。細長い路地を抜けると小川にかかる橋があって、大場はその橋をわたった。川岸に道があって、その先は取り入れが済んだ田圃である。

しばらく先に立って道を歩いてから、大場が振りむいた。西の空に沈みかけている日が、野づらをすべって来て大場の姿を照らしている。大場の顔は半分赤く、半分は黒かった。

「おい、どうしてもとどけ出るつもりか」

と大場が言った。言いながら刀の紐をはずし鯉口を切った。示威のつもりだろう。油断なくその様子を見ながら、万六は言った。

「とどける。この際、司直の手で黒白をつけてもらうのが一番だ」

「やめろ」

大場庄五郎は低い声で脅した。

「あくまでやるというなら、ただでは済まさん」

言い終ると大場は、身体に似合わない軽い身ごなしで尻下がりに三間あまりもうしろに動いた。それからゆっくりと万六に近づいて来た。大場は声を立てずに笑っている。赤黒くふくらんだ顔にうかぶ笑いが禍々しかった。

大場は笑いを消した。そして不意に体を沈めた。本気で万六を斬るつもりだったかどうかはわからない。だが怒号していきなり刀を鞘走らせた姿に、粗暴で城勤めも出来かねる男の無気味さが出た。峰打ちかも知れないが、刀は万六の頭上を襲って来た。

だがつぎの瞬間、大場の刀は宙をとんで川に落ち、大場自身はわめき声をあげて膝を折ると地面にうずくまった。万六の居合の一撃が刀をはねとばし、返す峰打ちでしたたかに大場の脛を払ったのである。

万六は油断なく刀をつきつけながら大場に近寄ると、残っている小刀も大場の腰からはずして川に投げこんだ。

「室井道場の高弟というのは、この程度のものか。たわいもない」

万六は言い、まだわめき声をあげている大場に黙れと言った。

「上にとどけると言ったのは、貴様を外にひっぱり出す口実だよ、若いの。かりにも上司の息子、ひとの前で斬り合うことも出来んからな」

「……」

「なに、貴様のような若僧を始末するのに、樋口万六、藩の手は借りぬ。今日はこのぐらいにしておくが、今度嫁に無礼なことを申したら、足一本折るぐらいでは済まさん。わかったか」

刀の先であごを持ち上げられて、大場庄五郎はわかったと言った。万六を見上げた眼におびえが走った。

万六はゆっくり後じさってから、わざと大場に見えるように、眼にもとまらぬ手つきで刀を鞘にもどした。それから背をむけて歩き出した。ゆっくりゆっくり歩いているのは、さっき居合を使ったときに、またしても腰を痛めたのである。

まさか見破られはしなかったろうなと思いながら振りむくと、袴を腰までたくし上げた大場が、痛む足をかばってけんけんをしながら川に入るところだった。刀を拾わなくては会所にもどれないと思ったのだろう。

朝飯をはこんで来た嫁に、万六は言った。口をひらいたとたんにど忘れして、伜の名前が出て来ない。

「ナニは……」

「もう出かけたか」

「もう、とっくに」

嫁の亀代は味もそっけもない声で言い、手早く飯と汁を盛りつけるとすぐに腰をうかせた。

「あとはおとうさま、ご自分でねがいますよ。今朝はすることがいっぱいあって」

やれやれ、また逆もどりかと万六は思いながら飯を噛んだ。

万六が大場をやりこめたあと、亀代が織物をおさめに会所に行くと、大場は声をかけるどころか、眼をそらして一度も亀代を見なかったという。「おとうさま、あの乱暴者にいったいどういう手を使ったのですか」と亀代は感嘆して、それからは万六の身の回りの世話にも至れりつくせりの心遣いを示したのだが、それも大体ひと月ほどで元の木阿弥にもどったということのようである。

しかし万六にさほどの不満があるわけではない。あまりまつわりつかれるのもうっとうしいものだし、嫁などというものは機嫌のいい顔をしてうまい物を喰わせてくれればほかに言うことはないとも思っていた。

「このナニも……」

なかなかうまいではないかと、万六は思いながら亀代がつくった鮒の甘露煮を嚙んでいる。甘露煮という言葉が、喉まで来ているのに口に出て来なかった。その言葉は思い出そうと焦れば焦るほど、ふわふわと宙にただよって遠ざかるようでもある。

だんまり弥助(やすけ)

一

杉内弥助重英は藩中で少々変り者とみられていた。極端な無口のためである。

饒舌は聞きぐるしく、武士は無口なほどがいいと言っても、過ぎたるは及ばざるがごとしである。たとえば杉内弥助には、前方から来る上役に挨拶をするのがいやさに、用もない角を曲って行ったといったたぐいのうわさが無数にあった。口数が少ないどころか日常の挨拶にも欠けるところがあるとなると、これは美徳という話ではなくて人間的な欠陥ということになって来る。弥助が日ごろ、変人の部類に数えられているのはやむを得ないことだった。

しかし、さいわいにと言うべきか、弥助の変人ぶりははたに迷惑をかけるものではなかった。ただそこに、非常に無口な男がいるというだけで、気にしなければそれまでというところもあった。

と言っても、弥助の勤めが近習組とか、あるいは普請組、右筆といった役目だったら、その無口はやはり物議を醸したにちがいない。またたとえば御奏者、御使番といったところが家の役目だったら、あるいは家名の存続にも差し障りを生じたかも知れない。

さいわいなことに杉内弥助は馬廻組に属していた。家禄は百石で、御奏者や御使番のような上士でもなく、普請組、あるいは右筆のように上司に酷使される軽輩でもない。そして馬廻組は四組にわかれ、月のうち半分だけ登城して城に詰め、御馬役の馬の手入れ、調練に立ち会うぐらいで、あとは家にいて身体、武術の鍛練に勤めればいいことになっていた。

そういうわけで、弥助の無口がはたに害をおよぼすことなく済んでいるのは、身分と役目柄というものに恵まれているという事情も、多分にあると言わねばならないが、もうひとつ言い忘れてならないのは杉内弥助の風貌、体格のことである。

弥助は中背で固肥りである。顔は浅黒く丸顔だった。髭が濃いたちで、朝剃っても夕方には口のまわりからあごのあたりが黒くなる。これで眼が丸ければ狸に似るかも知れないが、弥助は男にしてはやさしいほどの細い眼をしている。こういう風貌なり身体つきなりは、大男ぞろいの馬廻の男たちにまじるとまずほとんど目立つということがなく、それもまた弥助の無口が許されている理由のひとつかも知れなかった。

しかしそれで杉内弥助の無口を気にする者がまったくいないかと言えば、そうでもなくて、たとえば藩の重職が会合した席で誰かが急に弥助の名前を挙げ、あれはむかしからあのようなだんまりだったかのと、訝しげに言うこともあれば、あるときは馬廻の詰所でこんなことを言った者もいた。

「無口は夫婦和合に障らぬとみえて、杉内はなんと五人の子持ちだそうじゃないか」

こういう少々品の悪い口をきいたのは、組頭の野沢玄蕃、つまり弥助の上司である。

もっともこの玄蕃は、ほんの半年前に先代の野沢玄蕃の跡目を継いで組頭になったばかりで、まだ三十歳の若手である。馬廻は分れて四人の組頭に附属しているので、若い玄蕃も家を継ぐと早々に弥助たちのひと組を預かることになったのだが、人物、識見ともに人に超える器量をそなえていた先代にくらべると、跡継ぎは万事につけて、若いばかりではない軽率な言動が目立つ男だった。

その日も詰所をのぞいたついでに、組の者に大いにくだけたところをみせるつもりで、弥助の無口をからかったらしかったが、このおもしろくもない軽口につき合って笑い声をあげたのは二、三人に過ぎず、大部分の者はしらけた顔をした。ふだんから、この組頭で大丈夫かと不満に思っている気持が表に出たようでもある。

しかし若い組頭は気づかない。うす笑いをうかべてなおもつづけた。

「わしももう二人は子が欲しいと思っているが、なかなか生まれぬ。杉内にあやかって、これからは少々口をつつしむことにするか、は、は」

今度は誰も笑わなかった。そしてからかわれている弥助本人は、にこりともしない顔を組頭にむけていた。

やっと組頭も、せっかくの軽口があまり受けていないのに気づいたらしかった。急に不機嫌な顔になった。

「どうした、みんな。さっぱり元気がないではないか」

組頭は声を荒らげ、鉾先を弥助にむけた。

「杉内も杉内だ。無口というのは要するにわがままだ。わが組にいるうちは……」

そこまで言って、組頭は口を閉じた。杉内弥助は細い眼をいつもよりこころもち見ひらくようにして、組頭を凝視していた。その眼の光が上司を黙らせたようでもあった。あるいは野沢玄蕃は、このとき弥助が若いころに今枝流の剣士として高名だったことを思い出したかも知れない。ま、いいかとつぶやくと、組頭はそそくさと詰所を出て行った。一部始終を見ていた同僚の間から、今度は本物の笑い声が起きた。

　このささやかな事件からもわかるように、杉内弥助は度はずれの無口のために変り者とみられ、時には詰所の中で無視されたりもしたが、そのために人に侮られているわけではなかった。

　そして無口は無口なりに、城の往復をともにする昵懇の友人も二、三人はいて、弥助は同じ馬廻組の曾根金八とは殊に親しくつき合っていた。

二

「金井家老の子息が不祥事を起こしたことは聞いているか」

　と金八は言ったが、べつに弥助の返事を期待したわけではなかったようだ。すぐに染井町の料理茶屋「たちばな」のおかみを手籠めにしたという、例の話だと補足した。

　弥助と話していると、普通の倍ほどもしゃべらなければならないが、金八はそれを苦にしない。

「そのために、金井家老は月番の磯村さまに進退伺いを出し、執政会議をひらいてその件を審議するようみずから要請したという話だ。みんなが金井家老を気の毒だと言っている。道楽息子のために、家老職を棒にふらなきゃならんとな」

「……」

「こういう言い方をする者もいる。これで大橋派が勢いづくだろうと」

金井甚四郎は次席家老で、藩政を牛耳る実力者だった。大橋源左衛門は中老だが、彼もまた一方の実力者である。執政府にいるこの二人の対立は久しく、また根深いものだった。

ところで、家老の子息の不祥事はじつは罠に嵌められたのだという説がある。金八はそう言うと急に鋭い眼で前方を窺い、また振りむいてうしろをたしかめた。

二人のずっとうしろに、やはり城を下がって来た男たちが四、五人かたまって歩いているのが見えたが、傾いた日射しに新緑が照りはえる屋敷町の道には、ほかには通行人の姿は見えなかった。

「『たちばな』のおかみが、人にそそのかされて亀次郎どのを誘惑したのではないかというのだ」

亀次郎というのは、金井家老のあまり出来のよくない総領の名前である。

「『たちばな』のおかみを見たことがあるか。ないだろうな」

せっかちな金八は、質問しながら勝手にそう言ったが、弥助は一度だけ、おちかという名前のそのおかみを見たことがある。ただしそれは十四、五年も前、おちかがまだ婿ももらわず、「たちばな」の一人娘だったころの話である。一度見ただけだが、その娘の尋常でない美貌は印象に残った。おちかはいま三十前後にはなっているはずだが、やはりひと目を惹くほどのうつくしい女房に熟したのだろうと弥助は想像した。

金八は弥助のそういう心中を見通したように、そのおかみは染井町あたりで遊び馴れた男たちに言わせると、男なら誰でも犯したくなるほどの美人だというから、誘惑されたという亀次郎どのの言い分も必ずしも鵜呑みには出来ぬと言った。

そして金八は、話は急に変るがと言った。

「大橋中老と村甚がつながっていることぐらいは耳にしているだろうな」

村甚というのは城下の富商、種物問屋の村井屋甚助のことである。村井屋がなぜ村甚という名前で呼ばれるかといえば、村井屋の富の大半は、種物商いではなくて裏の商売である金貸しが生み出したものだからである。人は村甚と言うとき、その呼び名にかすかに蔑みを籠める。しかし村甚は、町人百姓はむろんのこと、家中にも手びろく金を貸し、藩にも万を越える金を貸して、その富は測り知れないとも言われていた。

金八は弥助の顔をのぞきこみ、弥助がうなずくのをみると、村甚の娘が今度内膳さまの養女になったと言った。

「むろん大橋の口利きだが、その狙いは何かわかるか」

「……」

「いずれその娘を、殿か新五郎さまの身辺にささげて、あわよくば藩主家の外戚におさまろうという魂胆だと聞いた。村甚は油断のならない野心家だから、そのぐらいのことは考えているかも知れんて」

金八はそこで首を回してうしろを見た。弥助も振りむいたが、さっきの男たちは途中で道を逸れたらしく、姿が見えなかった。無人の長い道にいよいよ衰えた日射しが這っているだけだった。

弥助と金八も次の角を曲った。町は同じく屋敷町ながら、いかめしい塀がつづいたさっきの通りとは違って、ところどころに新緑の生垣もまじるややもの柔らかな景色に変った。道はいくぶん狭くなり、どこからか経書でも読むらしい子供の声が聞こえて来る。

「さて、そこでさっきの金井家老の一件に話をもどすと、罠に嵌められたというのは何の根拠もなくそう言っているわけではない」

「……」

「御使番の服部邦之助は知ってるな。むかし三谷道場で鳴らした男だから、知らんはずはないわな」

「……」

弥助の足がとまった。振りむいて足をとめた金八をじっと見ると、低い声を出した。

「服部がどうかしたか」

「なんと『たちばな』のおかみの情人だとわかった」

二人は顔を見合わせ、それからまた肩をならべて歩き出した。金八は声を落としてまたつづけた。

「服部は生粋の大橋派だ。つまり『たちばな』の一件は、金井家老の失脚を狙って大橋派が筋書を書いた芝居じゃないかというのは、そこから来ている」

「……」

「どうだ。さもありなんと思うだろう」

弥助がうんでもすんでもないので、金八はまめに念を押す。

「片方で金井家老の失脚を策し、片方で金貸しの村甚とのつながりを強める。村甚の財力を味方につければ、まずこわいものなしだろうからな」

「……」

「大橋のこの動きが何を意味するかといえば、これは言うまでもない。やつはいよいよ藩権力の独占に乗り出したとわれわれは見ている」

「……」

「藩はいま、そういう情勢になっておる」

そう言うと曾根金八は足をとめた。そこは弥助の家の門前だった。

「いいか、気をつけろ」

金八はささやいた。

「そのうちに大橋の方から誘いがあるかも知れんが、甘い口に乗るな」

「おまえこそ気をつけろ」

と弥助が言った。

「おれか、おれは大丈夫だ」

曾根金八は不意に笑顔を見せた。金八は頰がげっくりと痩せている上に眼尻が深く切れ上がっているので、笑うと狼がひもじさを訴えて口をあけたような顔になった。

手を上げて、金八は背をむけた。

三

「淵上さまから今日お使いが見えまして……」

弥助の着換えを手伝いながら、民乃がおっとりした声で言った。

「二十日に法事をなさるそうです。おばあさまの十七回忌で、簡素な法事ゆえ、あなたさまお一人お寺にじかに来てもらいたいという口上でした。二十日は非番ですから、ちょうどようございましたよ」

「……」

「淵上のお寺はおわかりですね。百人町の照禄寺ですよ、お間違いなく」

淵上は、弥助の母方の親戚である。民乃は弥助の背に回り、弥助が無器用に結んだ帯をしめ直し、羽織を着せかけた。

「言うまでもありませんが、親族のあつまりではご挨拶だけはきちんとなさいませ。ひとにうしろ指をさされてはなりませんよ。だんまりもほどほどになさいませんとね」

しかしそう言う民乃は、弥助との縁談があったとき、弥助の無口がいたく気に入ったのである。民乃は二百石の朝海家の次女で、もっと格上の家からも縁組み話がなかったわけでもなかったのに弥助を選んだのは、これという理由はないものの、無口な男は気持はあたたかかろうという気がしたからだった。

実際に夫婦になってみると、弥助の無口は民乃の予想を越えるものだったが、最初の直感はあたったようだった。言葉が足りない分だけ、弥助は妻に心を配るように思われたのである。以来十数年、仲むつまじい夫婦として過ごし、近ごろは民乃もふっくらと肥えて体型まで似通った夫婦となった。

ただその間に思いがけない変化があった。妻の民乃が新妻のころとは似ても似つかぬおしゃべりになったのである。

夫が無口だと、妻の口数はどうしても多くならざるを得ない。長い間に、その習いがやや性となったとも言えた。夫と二人でいると、民乃は切れ目なく何かしらしゃべっている。そして時には、おや、わたしはいつからこんなおしゃべりになったのだろうと自分を訝しむのである。

この日も民乃は、弥助の袴を畳みながら剣術道場に通っている長男、漢学の塾に行っている次男の話をたっぷりと聞かせ、ようやく部屋が暗くなったのに気づいて行燈に灯をいれてから出て行った。

弥助は妻の多弁が嫌いではなかった。民乃のさほどの中身もないおしゃべりを聞いていると、鳥のさえずりでも聞くようで気持が和む。うるさいと思うことはなかった。

妻が出て行くと、弥助は床の間の書見台をおろして、その上に読みかけの韓非子をひろげた。夜食までいっときの間があるだろうと思ったのだが、ひろげた書物の文字は眼に入って来なかった。曾根金八から聞いたことが胸につかえている。

弥助は顔をしかめた。

——服部邦之助か。

唾棄すべき名前だった。しかしその名前は、弥助にとって忘れることの出来ない一人の女性を思い出させるのである。

——淵上の祖母は十七回忌か。

あのひともそろそろ、それぐらいになるのではないかと、弥助は死者の上を過ぎた年月を数えてみる。死者の名は美根。弥助が子供のころからいとしんだ従妹で、美根が自裁してから何年になるかは、弥助が自分の齢を数えればいい。事件があったのは弥助が二十二のときで、それから十五年経っていた。

忌まわしい記憶は、その十五年前の夏にさかのぼる。

その夜、弥助は酔っていた。市中鳥飼町にいまも今枝流の看板をかかげる堀江道場の夏稽古が終った日で、その日は門人たちを帰したあとで道場では、師の堀江三郎右衛門をかこんで、高弟たちだけの軽い酒宴があった。怪我人も出さず、はげしい五日間の夏稽古を終ったことを祝ったのである。

そのあとで、弥助たちは気の合う者同士が連れ立って、それぞれに染井町や、染井町のようなにぎわいはないもののやはり料理屋、茶屋がならぶ尾花町に繰り込んで飲み直したのである。

弥助と坂口善平が尾花町の小料理屋「かりがね屋」を出たのは、五ツ（午後八時）を過ぎたころだったろう。時刻はまだ早いという気がしたが、夕方から飲みつづけて酒はもう十分という気持だった。

「あれ、戸田はどこに行ったんだ」

外に出てはじめて気づいたように、坂口がそう言った。「かりがね屋」に入ったときは、もう一人戸田朔之丞がいたのである。

「戸田は先に帰ったよ」

と弥助が言った。

「ほかに回るところがあるから、先に帰ると言ったじゃないか」

「そうだったかな」

一番年少の戸田がきちんと挨拶したのを忘れてしまったのか、坂口は不満そうに口をとがらせた。

「あいつ、案外つき合いのわるい男だな」

「ま、いいじゃないか」

弥助は坂口をなだめた。坂口善平は道場の席次は高弟の中でもっとも低い十二位で、身分も五十石の御兵具方だが、年長者だった。齢はたしか、そろそろ三十になるはずである。

「しかし、さびしいなあ」

と坂口が言った。

「秋からは足が遠くなるのか」

「やむを得ん。見習いで出仕しなければならんのでな」

と弥助は言った。弥助はこの春急死した父の跡目をついでいて、秋からは馬廻組に見習い出仕するように言われていた。

「しかしおぬしが抜けると、わが道場も人がおらんようになるぞ」

「そんなことはなかろう。松川さんがおる、小柳さんがおる」

「松川？　おれは松川は認めんぞ」

坂口善平はわめいた。松川庸之進に含むところでもあるのか、坂口は師範代が何だと言った。

「言っては先生に憚りがあるが、小柳の三席、牧村の四席にもおれは文句がある。なあ、おい……」

坂口は弥助に身体をぶつけて来た。大きな身体に体当りされて、弥助の身体は横をむいた。

「おれは杉内弥助しか認めんぞ。いいか、おぼえていてくれ」

坂口がまた体当りを喰わせ、弥助の身体はぐるりと横をむいた。

そのとき弥助の眼に、斜め前方の構えの大きい料理茶屋から出て来た女の姿が見えた。女は頭巾で顔を隠していたが、武家の女だった。身体つきは若く、ほっそりして小柄だった。その身体つきに見おぼえがあるような気がしたとき、女が振りむいて弥助を見た。美根だった。

さほど明るいとも言えない料理茶屋の軒行燈の灯で、どうして美根とわかったのかと、弥助はあとで思うことになる。あるいは酔っているために、勘が異常に鋭く働いたということかも知れなかった。

ともかく弥助には、女が美根だとわかった。そして美根も、うしろから来る酔漢が弥助だとわかったのである。逃げるように立ち去るうしろ姿にその狼狽が出ていた。

「おい、美根じゃないか」

弥助は胴間声を張り上げて呼んだ。

「ちょっと待て。夜道の一人歩きはいかんぞ。送って行こう」

だが美根は足をとめるどころか、振りむきもしなかった。小走りにみるみる距離をあけると、遠い角を曲って姿を消した。おかしいな、と言って弥助は首をかしげた。人違いだったかと思ってもみたが、確信は変らなかった。

「いまのは誰だ」

と坂口が言った。

「伯父の娘だよ。三年前に小鹿町の橋本に嫁いだんだ。近習組の橋本雄之進を知ってるだろう。あれの女房だ」

「へーえ」

と坂口は言った。そして不意にねちねちと絡む口調になった。

「橋本の女房が、どうして夜中にあの家から出て来るんだ。そこの料理屋は、男女密会の場所として有名な店だぞ。知らんのか」

「……」

冷水を浴びたような気がして、弥助は足をとめると通りすぎて来た料理茶屋の門を振りむいた。

弥助がまさかと言うと、坂口はうれしそうな笑い声を洩らして、弥助をそこにあるしもたや風の家の軒下にひっぱりこんだ。

「おぬし、剣は出来るがこっちの方はまるでウブだな。ま、論より証拠、おもしろいものを見せてやろうか」

そう言う間も、坂口善平の眼は美根が出て来た料理茶屋の方を見ている。弥助も坂口の肩の陰からそちらを見た。つぎに男が出て来るのを確かめるつもりだろうという見当はついている。

前を見たまま、坂口が言った。

「橋本はいま江戸詰で留守だろう」

「そうだ。しかし、だからといって美根は、それをさいわいに男と密会するようなふしだらな女ではない。またそんな度胸もない」

「それはわからんぞ」

坂口がちらと弥助を振りむいた。そして意地わるい言い方でつづけた。

「女子の心中など、男にわかるもんか」

二人は口をつぐんで、料理茶屋の門前を照らす淡い灯影を見つめた。しかし店からは誰も出て来なかった。通りにも人影はなく、遠くからかすかに三味線の音と、大勢が手拍子で歌う声が聞こえて来るばかりである。

弥助は坂口の袖を引いた。誰も出て来ないではないかと言おうとしたとき、坂口がしっと言って強く弥助の手を振りはらった。

のっそりと、料理茶屋「ささ舟」の門を出て来た長身の男がいる。男は立ちどまって通りの左右を見た。と思う間もなく、弥助たちがいる方角とは逆の方に足早に歩み去った。さっそうとした速い足どりで、姿はあっという間に通りの奥の闇に消えてしまった。

「いまの男がそうだ。間違いない」

確信ありげに坂口が言った。不本意だったが、弥助もそれを認めざるを得ない気持になっていた。男は顔も隠していなかったが、いわばその眼くばりに人目をはばかる気配があらわれていたのである。

弥助は衝撃を受けていた。坂口に言った。

「誰だかわかったか」

「いや」

坂口は首を振った。

「若い男だということはわかったが、顔までは見えなかった。しかし……」

歩き出しながら、坂口は弥助を振りむいてにやにや笑った。

「そのぐらいのことは調べればわかる。調べてやろうか」

「坂口」

弥助は飛びかかると、坂口善平の襟をしめ上げた。酔いはさめて青くなっていた。

「よけいなことはするな。いいか」

弥助は低い声で言った。

「今夜見たことは忘れろ。もし今夜のことが人に洩れて、従妹の身に何か起きたら貴様のせいだと思うぞ」

「わかった、わかった。この手を放せ」

坂口は弥助の手を力一杯振りはなすと、喉を撫でながら荒い息を吐いた。

「人に言わなきゃいいんだろう。わかってるさ、そのぐらいのことは」

「……」

「何だ、えらそうに。そもそもは貴様が言い出したことじゃないか」

それから数日、弥助は世間の声に耳を澄まして過ごした。薄氷をわたるような気持だった。弥助の知っている美根は、風の音にもおどろくような臆病な女である。「ささ舟」で男に会っていたなどということが人のうわさになったりすれば、とても生きてはいないだろうと思った。

その臆病な美根が、どうして夫の留守に男と密会するような真似が出来たのかが不思議だった。それには何かわけがあるのか、また密会はたびたびにおよんだのか、それともたった一度のことを不運にも弥助に目撃されてしまったのか。さまざまな疑問が弥助をとらえたが、弥助は「ささ舟」に事実を確かめに行くこともせず、むろん美根に会いに行くこともしなかった。

ただ、何事もなく事がおさまればいいと念じた。弥助に見られたことにおどろいて美根が男に会うのをやめ、その上弥助に会っても、尾花町になど行ったこともない、という顔をすればいいのである。子供のころ、数多いいとこの中で弥助は美根と一番気が合っていた。どういうわけか美根が弥助を慕って、祝いごとだ、法事だと親戚が集まるときに必ずまつわりついて来た。二人は一緒に美根の屋敷の隅にある杉の大樹の虚に隠れたり、弥助が蛇を殺すのを美根が息を殺して見守ったりしたのである。

何事もなく日が過ぎ、尾花町で見たことは勘違いだったかと思うようになればいい、と弥助は思った。だがそうはならなかった。尾花町で弥助に見られてから半月後に、美根は病気を理由に実家にもどり、その日のうちに自害したのである。

その知らせを聞いた日、弥助は非番で家にいたが、そのままっすぐに坂口善平の家に行った。御兵具方に勤める坂口は、城からさがって来たばかりで、美根が自害したという話を聞くと、さすがにおどろいた顔になった。

「また、どうして？」

「あの晩のことを、誰かにしゃべったか」

「いや、言っていない」

坂口ははげしく首を振った。

「おれは約束を守ったぞ。おれを責めに来たのなら、弥助、そりゃお門違いだ」

弥助は沈黙した。突然に、美根を自殺に追いこんだのはほかならぬ自分だと納得したのである。密会の宿から出て来たところを目撃されて、それを恥じて美根は自殺したのだと思った。

しかしたとえ目撃しても、と弥助はさらに考える。あんなふうに大道で声をかけたりしなければ美根は死なずに済んだのではなかったろうか。本来なら、美根だとわかっても坂口の目から隠すべきだったのである。それを逆にあばき立ててしまったのだ。何という愚かしさだと弥助は思った。

底のない悔恨と自虐の中に落ちこみはじめている弥助を、坂口は門前まで送って来た。

「いまとなっては手遅れだろうが、その死んだ従妹の相手がわかったぞ」

「……」

「近習組の服部邦之助だ」

「服部？」

「三谷道場の服部だよ。一度ぐらいは手合せしたことがあるんじゃないのか」

手合せはしていないが、弥助は服部邦之助をよく知っていた。貝殻町の三谷道場は、梶派一刀流を指南する大きな道場である。邦之助はそこの高弟で、美男剣士として有名な男だった。


家は御使番で三百石の上士である。邦之助はその服部家の総領で、近習組に出仕していた。剣はともかく、家柄、風采ともに弥助のおよびもつかない男である。坂口の言葉で弥助は、邦之助が半年ほど前に、二年間の江戸詰を終って帰国したばかりだったのを思い出した。あるいはそっちの事情から、夫の留守を守る美根に近づいたのかとも思ったが、なぜかその穿鑿には気持がむかなかった。どうして服部を突きとめたかと、坂口に問いただす気も起きなかった。坂口善平はそれが不満だったらしい。

「おい、服部にねじこまんのか」

と言ったが、弥助は黙って背をむけた。胸に怒り狂うものがないわけではなかったが、いまさら服部を責めても仕方ないような気もした。


葬儀が終ったあとで、美根の母が弥助にそっと封書を手渡した。弥助あての美根の遺書だった。服部邦之助に欺かれたと書いてあった。醜い姿を弥助に見られたのがはずかしい、しかし過ちはただ一度だけだったのを信じてもらいたいと美根は書いていたが、服部がどんなふうに美根を欺いたのかはわからなかった。美根の死は、気鬱の病いから来た発作的な自殺と人々に受けとられた。実家でも事情はよくわからなかった様子だったが、弥助は沈黙を守った。

美根の葬儀が終ったころから、弥助は少しずつ寡黙になった。自分を罰するといった強い意味があったわけではない。ただ胸の中に世の中から一歩身をひく気分が巣くった。すると言葉はおのずから少なくなったのである。弥助の胸の中で、悔恨と無口が次第に釣合って行った。その証拠に、無口のために人に無視されたり変り者扱いされると、弥助は人知れず気持が安らぐのを感じた。これでいいのだと思った。

その後坂口善平から、美根の相手が服部邦之助とわかったのは、あれから間もなく料理茶屋「ささ舟」の前で、今度はばったりと服部と顔を合わせたからだったこと、相変らずさっそうとした身ごなしの服部邦之助は、その夜はべつの若い女と連れ立っていたことを聞いたが、弥助の気持はもうさほどに動揺しなかった。

ただ、唾棄すべき男として、その名前が胸に残ったのである。

四

淵上家の法事があった日、杉内弥助は家にもどったのが五ツ半（午後九時）ごろになった。

ひさしぶりに顔を合わせた遠い親戚に誘われて、帰り道にあるその家に寄ったからである。

土間に入って咳ばらいをすると、台所の機織の音がやんで民乃が出て来た。機織は婢のとよかと思ったら民乃がやっていたようである。機織は内職である。藩が金詰まりで、家中の禄の三割を借り上げて足かけ五年にもなるので、百石の杉内家でも内職をしないと台所が苦しい。

「さきほど曾根さまがみえました」

刀を受け取りながら民乃が言った。のっそりと上にあがった夫の後に従いながら、民乃が話しかける。

「今夜のうちにとどけてもらいたいとおっしゃって、お手紙のようなものを置いて行かれました」

弥助が立ちどまって振りむいたので、民乃は暗い廊下で、さほど高くもない弥助の鼻に額をぶつけた。

「とどけ先はどこだ」

「御番頭の藤尾さまだそうです」

民乃は刀を抱いたまま、引き返して茶の間に入った。そして仏壇に上げてあるものを弥助に渡した。厚い封書である。

「曾根さまは、ここにいらしたときはあなたさまに一緒に行ってもらうおつもりだったようです」

「……」

「留守だとわかると、困ったと申されまして。しばらく考えてから、これを藤尾さままでとどけてもらえないか頼んでほしいと言い出されたのです」

「……」

「むろんご自分が行くおつもりだったのですが、人につけられているので無理だとおっしゃいました」

「つけられた？」

「はい。だからあなたさまにも、くれぐれも用心するようにと」

弥助は刀をつかみ上げると立ち上がった。土間に降りた弥助に、民乃が不意に切迫した声をかけて来た。

「おまえさま、大丈夫ですね」

「心配いらぬ。戸締まりだけきちんとしておけ」

弥助はやさしく言うと、振りむいて民乃の肩にそっと手を置いてから外に出た。美根の死を見てからというもの、弥助は世の生きている女子という女子の命がいとおしく、また憐れに思えてならない。すでに五人の子をもうけた民乃にしても例外ではなかった。

しかし門から外に出ると、弥助はいつでも抜けるように刀の紐をはずした。それとなく門前の道に眼をくばったが、人の気配は感じられなかった。

夕方から曇って来た空は、夜のうちに雨になるのか、夜気は湿っぽくうるんでいるように思われた。番頭の藤尾外記の屋敷は近江町にある。さほど遠いところではないのに、ここまで来て訪ねるのを断念したというのは、曾根がよほどの危険を感じたからに違いあるまいと弥助は思っていた。

弥助は、曾根金八が村甚の娘が内膳さまの養女になったと言っていたことを思い出した。内膳さまというのは、藩主家の血筋につながる榊原内膳のことである。榊原家は家禄は三百五十石と少なく無役の家だが、名門には違いなかった。富商とは言え、裏を返せば一金貸しに過ぎない村井屋甚助が、その名門の家に娘を養女に押しこんだというからには、そこにかなりの金が動いたことが予想されたが、しかしそれは外に洩れて具合のいい話ではないはずだった。おそらくは極秘にはこばれている話だろう。金八はそれを知っていたのである。

――金八は……。

かなり深入りしているようだと弥助は思った。この前弥助に匂わしたような、金井派と大橋派の対立激化というものがあるとするなら、曾根金八はその渦中で働いているに違いなかった。

近江町に入ったが、その屋敷町には灯影ひとつ見えなかった。角をひとつ曲って、弥助は端から屋敷の数を数えた。そしてつぎが番頭の家かと思ったとき、闇の中にいきなり白刃がひらめいた。弥助が抜き合わせて刀を払うと、蝙蝠のように右から左に人影が飛んだ。そして休む間もなく、第二の白刃が襲って来た。敵は二人のようである。

しかしその襲撃を、弥助は今度は余裕をもってかわした。体を沈めて峰を返した刀で相手を打った。腿を打ったはずである。打たれた敵がうめいた。すると、もう一人が正面に回ってはげしく斬りこんで来た。踏みこみ踏みこみ斬りこんで来る刀は、唸りを生むほどの豪剣だったが、弥助はびしびしとはね返した。

弥助のはね返す剣には、手練の技が籠められている。相手は腕がしびれたはずだった。出足がとまった。その一瞬をとらえて、弥助は鋭く踏みこむと、無声のまま相手の肩のあたりを打った。峰を返した刀が存分に決まった手応えがあり、相手はわっと叫んだ。よろめいてうしろにさがった。

そこで襲撃者たちは、ようやく斬り合いの異常さを嗅ぎつけたらしかった。様子がおかしいぞと一人が叫んだ。

「人違いじゃないのか」

刀を右手に垂らしたまま、弥助はのっそりと立っている。ほとんど息も乱していなかった。その闇よりも深い沈黙に、襲撃者はとまどい、やがて思いあたるものがあったらしい。

「杉内かな」

一人がはばかりもなく驚愕の声をあげた。

「だんまり弥助か」

「まずいぞ」

襲撃者たちはあわただしくささやきかわすと、突然に足音を乱して逃げ去った。一人は足をひきずっているのがわかった。しばらく耳を澄まして気配をたしかめてから、弥助は刀を鞘(さや)にもどした。

番頭の屋敷に行くと、持参した封書を待ちかねていたらしく、藤尾外記自身が玄関に出て来た。藤尾は玄関にいるのが曾根金八でなく弥助だったのにおどろいた顔をしたが、弥助を犒(ねぎら)って上がって一服せんかと言った。番頭の家には、この時刻にまだ客がいるらしく、数人の履物がそろえてあった。

弥助は番頭のすすめをことわって、いそいで屋敷を出た。胸に強い気がかりが芽生えていた。

番頭の屋敷のそばで闇討(やみう)ちをかけて来た男たちは、当然金八を待ち伏せしていたのだろうと思われた。しかも問答無用のさっきのやり方をみれば、金八を斬って封書を奪うつもりだったことに間違いはないと弥助は思った。

金八の身の上が心配だった。向う意気こそ強いものの、金八は剣はあまり出来る方ではなかった。金八が子供のころから通った道場は、小栗(おぐり)流の剣術とやわらを教える小さな道場で、門人はつねに十人ほどしかいなかった。猟師町のはずれにある、柱が傾いたようなそんな道場に通ったのは、馬廻組(うままわりぐみ)ではむろん金八だけだった。

――金八は……。

一難をのがれたのだ、と弥助は思っている。だが、はたしてそうなのかを確かめないうちは、気持が落ちつかなかった。弥助は夜道を金八の家にいそいだ。

訪(おとな)いをいれると、まるでその声を待っていたように、奥から曾根金八の妻が出て来た。

「曾根は？」

「たったいま、使いの方が見えて一緒に出て行きました」

妻女はそう言ったが、その声には言いようのない不安が籠っていた。金八の妻女も、弥助の無口は知りぬいている。弥助が重い口をひらく前にさらにつづけた。

「金井さまのお使いだとおっしゃっていましたが、主人はその方と一緒に行くのをいやがっているように見えましたのです」

「どんな男か？」

「背が高く、ことのほか男ぶりのよろしい方で、齢は主人やあなたさまと……」

みなまで聞かずに、弥助はさっと背をむけた。迎えに来たのは服部邦之助である。その背に曾根の妻女が杉内さまと呼びかけて来た。

「主人は、心配ないのでしょうか」

敷居をまたぎかけていた弥助は、叫ぶようなその声に足をとめた。もどって板敷に膝をついている妻女の肩を軽く叩いた。行燈の光にうかび上がる、小柄で細おもてのきれいな妻女の姿に、ふと二十の若さで死んだ美根のおもかげを見たような気がしている。つとめて明るい声で弥助は言った。

「いまから確かめてまいる」

だが、金八の家を出ると弥助は夜の町を疾駆した。考えられることは、服部が金八を大橋源左衛門の屋敷に連れて行ったのではないかということである。金八が、いま藩の内部で動いている政争の中で、かなりの役割をはたしていることは確かだと思われた。つかまえて責めれば、大橋派は金八の口から相手方の動きを知ることが出来るだろう。

そうであればいいと弥助はねがった。しかし心のどこかで、そんな生やさしいことでは済むまいという気もした。その懸念が、弥助の足をいそがせている。

弥助は川岸の道に出た。大橋中老の屋敷は橋をわたったむこう岸の町にある。ぼんやりした川明かりに、黒々としたその橋が見えて来た。だが弥助の眼は、橋の手前の地面に盛り上がるものを見つけていた。足をゆるめて近づくと、すさまじい血の匂いが顔をつつんで来た。地面に盛り上がっているものが何かは、もうわかっていた。

鋭く川岸に眼をくばってから、弥助はひざまずいて倒れている曾根金八の身体をさぐった。金八はこと切れていた。左の肩から肋骨まで斬り下げた一撃が致命傷である。身体のそばに大きな血だまりが出来ていたが、流れ出る血はほとんど止まっていた。かなわぬまでも斬り合ったらしく、少しはなれたところに抜身の刀が落ちていた。

このまま大目付にとどけて出るか、それとも金八を家にはこぶかと弥助は思案したが、結局背に金八を背負い上げると、来た道をもどった。

半月ほど経って、番頭の藤尾外記が弥助の家を訪れ、金井派に加担するようにすすめたが、弥助はことわった。ご遠慮つかまつると言ったきりで、あとはうんでもなくすんでもない弥助にあきれて、番頭は早々に引き揚げて行った。

曾根金八の殺害について、弥助はたびたび大目付の事情聴取を受けたが、犯人は服部邦之助だと露骨にほのめかしたにもかかわらず、服部が司直の手につかまる気配は何ひとつないまま、日が過ぎた。大橋中老の方から、いちはやく大目付の方に隠蔽工作が施されたことはあきらかだった。

そして秋口に入ると、藩政の要職から金井派の人間がつぎつぎとしめ出され、ことに藩政の中心である執政府は大橋派一色となった。かろうじて、金井派でも大橋派でもない筆頭家老、しかしながら居眠り権兵衛と呼ばれて無能の標本のように言われている殿村権兵衛が、ただ一人残っただけである。長く次席家老として藩政に手腕をふるって来た金井甚四郎は、息子の不行跡を咎められて曾根の事件が起きる前に引退し、金井派の退潮を目の前に見ながら、何の手も打てないでいた。

秋も深まったころ、今度は突然に、村甚こと村井屋甚助が郡代次席の役職につき、禄二百石を給されて人々をおどろかせた。藩では明春から領内神川郡内で大がかりな新田開発を行なう方針を決めたが、村甚の登用はその折の開墾費用を含めた事業一切を彼が請負うことになったための措置だと説明された。村甚はさきにたびたび藩に献金して名字帯刀を許され、一石を給されていたが、今度は晴れて中士の身分を手に入れたわけである。

そして明年は、藩主の帰国を待って新たにきびしい藩政改革案が示されるだろうといううわさが流れるうちに、年も暮に近づいて行った。

五

遅い商談からもどって来た村甚の番頭仁兵衛は、提灯（ちょうちん）の灯（ひ）を吹き消して店の潜（くぐ）り戸をあけようとした。するといきなり横から腕をつかまれた。仁兵衛は思わず悲鳴をあげそうになったが、声を立てるなと威嚇（いかく）されて口をつぐんだ。

すると闇の中から現われた男は、仁兵衛を少しはなれた向い側の油屋の軒下までひっぱって行った。腕をつかんでいる男の指には万力のような力があって、仁兵衛は振りほどくことも逃げることも出来なかった。

簡単に言うぞ、と男が言った。男は武家だった。

「大橋源左衛門、榊原内膳、服部邦之助に村甚は多額の金を貸しているそうだが、その金額がいかほどか調べてもらいたい」

「そんなことを調べて、何になさいます」

と仁兵衛は言った。仁兵衛は齢は五十である。長い年月を、村甚と苦楽をともにして来た古狸（ふるだぬき）だった。男が命まで取ろうというわけではないとわかって、やや落ちつきを取りもどした。

「何にするかは、おまえにはかかわりがない。とにかく、いま申した三人がいつごろから毎年どのぐらいの金を借りて、いまはどれほどの額になっているか。抵当はどうなっているかを調べて書き出し、こちらに渡してもらいたいのだ」

「そんなことが出来ますか、あなた」

にべもなく仁兵衛が言った。

「金貸しがとくい先の事情をよそに洩らしたりしたら、商売はおしまいですよ」

「やれ」

男が静かな声でまた威嚇した。

「やれぬというなら、そなたが伝馬町に囲っている妾のことを村甚にばらすが、それでもいいのか」

そのひと言で、仁兵衛は小刻みに身体を顫わせはじめた。仁兵衛は店の者にも女房にも内緒で、伝馬町のしもたやに若い妾を囲い、その金を店の売り上げから流用していた。

そういうことがあったのが、年明けのことで、それからひと月ほど経った二月のはじめに、今度は村甚が、染井町の料理茶屋「たちばな」の奥座敷で大橋源左衛門と会っていた。

「改革案をごらんいただけましたか」

と村甚は言った。村甚は、これが領内に聞こえた金貸しかと思うほど、色白で風采のいい男である。話しぶりも静かだった。

二人は人ばらいをして、さしで酒をくみかわしていた。

「読んだが、少しきびしすぎないかの」

と大橋は言った。大橋はもう酔ったらしく赤い顔をしている。

「倹約令はいいとして、禄米の借上げ一律一割増というのは、なかなかのみこみにくい連中もおるだろう」

「ご家老のご威光で、押し切って頂けませんか」

と村甚は言った。大橋は金井家老が引退した直後に、中老から次席家老にすすんでいる。

「藩庫が空では、改革案も絵にかいた餅にすぎません」

「しかし湊の改修に、その方の案のごとく金を投ずるということになると問題が出て来るぞ」

「なぜです」

「いま千石船で商いをしているのは伊坂屋一軒だけだが、その伊坂屋は借金だらけで、店の実権は村甚ににぎられているそうではないか。多額の費用をかける湊の改修が、村甚の利になるだけとわかれば、騒ぎ立てる者もおるだろう」

「だけということはございませんでしょう。いずれは藩のおためになることです」

村甚は腕をのばして、大橋に酒をついだ。

「それに改革案をさし出すからには、少しは儲けさせて頂かないと」

「儲けは新田開発の請負いだけで十分ではないのか。執政会議は、そなたに請負わせることを決めたが、競りにかければもっと安い費用で請負う者もいたはずだと申す者がいる」

「誰のことでしょう」

村甚は首をかしげた。

「越前屋のことですかな。しかし越前屋はそう簡単に万の金は動かせますまい」

「金を借りている弱味があるからやむを得んが、どうもわしはそなたに儲けをあたえ過ぎておるようだ。新田開発を請負わせたことも、近ごろは少々後悔しておる」

「またまた、そのようなお気の小さいことをおっしゃる」

村甚は女のような甲高い声で笑った。

「開墾が成功すれば、わたくしが元利を回収してもたちまちお釣りが出ますよ。案じることなどひとつもありません」

「……」

「それにご家老。儲けはそのつど、必ずそちらさまにお分けしていることをお忘れなく……」

村甚がそこまで言ったとき、襖の外で、おう、めずらしい男がいるな、貴様もこんな店に来ることがあるのかと言う声がした。大橋と村甚は顔を見合わせた。

襖をひらいて、部屋に入って来たのは服部邦之助である。服部は二人のそばに来ると、おそくなりましたと言って坐った。

「誰か、部屋の外にいたのか」

と大橋が聞いた。大橋は酒がさめたような顔をし、村甚は口をつぐんで鋭い眼を服部にそそいでいる。

「いや、何でもありません。そこで杉内という男を見かけただけです」

言いながら、服部は手を叩いた。遠くで店の者が答える声がした。

「ご存じありませんかな、だんまり弥助という人物です。ご存じないでしょうな。いや、ご心配なく。杉内弥助は金井派とはかかわりのない男です」

そこに店の者が新しい膳をはこんで来て、三人は酒にもどった。杉内弥助の名前は、その夜は二度と出なかった。

郡代次席村井屋甚助が立案した藩政改革案は藩主が帰国して半月ほど経ったころ、藩主の出座を仰いで家中が総登城した席で、大橋家老から発表された。

大橋の発表が終ると、広間が少しざわめいた。神川郡の新田開発など、領内に事業を起こす案はともかく、借上げ一割増をふくむきびしい倹約令が、不満のざわめきを引き起こしたようであった。

しかし大橋源左衛門が広間を睨み回して、この案に不満のある者は申し出られよ、と言うとざわめきはすぐに静まった。不満のつぶやきを洩らしても、藩財政の貧しさは誰知らぬ者のいない事実である。ざわめきがおさまったあとに、無気力な静寂がひろがった。

大橋家老が、勝ちほこったように声を張った。

「意見があれば、いまのうちに申し出られよ。意見がなければ、この案に不満の者はないと認めて……」

そのとき、お待ちくださいと言った者がいる。人々は一斉に声の主を見た。発言したのは杉内弥助である。

「それがしは、ただいまの案に反対でござる」

弥助が言うと、今度は執政たちが坐っている席がざわめいた。眼をほそめて、大橋家老が弥助を見た。

「そなた、何と申したかの」

「杉内、馬廻の杉内弥助でござる」

くすくすと笑う者がいた。それで大橋も気がついたらしい。にやにや笑いながら弥助に言った。

「だんまり弥助か」

広間に、今度ははばかりのない失笑がわき起こった。笑ったのは必ずしも大橋派の者とは限らないだろう。弥助が物を言うことは、たとえば牛が物を言い出したほどの珍奇な光景だった。上座の執政たちも、ささやき合っては白い歯をみせて笑っている。

「意見を述べろということでありますから、遠慮なく申し上げます」

委細かまわず、弥助は言った。

「反対の理由は、今度の改革案は村井屋甚助どのの案と聞きおよびましたが、一藩の今後を左右する改革案のごときものは、一人の案に限らず、ひろく家中から良案をもとめて、慎重に審議してしかるべきものと思うものです。つぎにいまひとつ反対の理由を申し述べたい」

弥助の話しぶりは、能弁とは言えないがなかなか堂々としていた。広間にいる者の中には、弥助の声をはじめて聞いた者もいるはずである。もう笑っている者は一人もなく、人々は意外な成行きに、打たれたように弥助の声に耳を傾けている。

「いまひとつの反対の理由は、立案者の村井屋どのと執政の職にあられる大橋さまとの癒着が過ぎることであります」

弥助の言葉に、広間の中は凍りついたように静まり返った。その中に弥助の声だけが淡々とひびいた。

「改革案を仔細に検討すればすぐにわかることですが、新田の開墾と言い、西浦湊の改修と言い、ことごとく立案者である村井屋甚助どのの懐がうるおうような中身になっておりますのは、すなわちさきに申し上げた癒着がはげしすぎるところから生まれた弊害にほかなりません」

「待て、杉内」

大橋家老が立ち上がった。家老の血相が変っていた。

「さきほどから癒着癒着と、ひとを中傷するがごとき言辞を弄しておるが、何をもって癒着というか、いま少しはっきりと申せ」

「申してもかまいませんか」

軽く、いなすように弥助が言った。だんまり弥助の日常からは予想も出来ない変貌ぶりである。

「おそれながらご家老は、村井屋どのに莫大な借財を負われております。借財は誰にもあることゆえ、おどろくにはあたりませんが、しかしお上より拝領した知行地を抵当にさし出したのはいかがなものでしょうか」

「……」

「それがしが申すことをあくまでも中傷、誹謗と言われるのであれば、借金の詳細も申し上げますが……」

「よし、杉内。そこまでだ」

不意にだみ声でそう言ったのは、居眠り権兵衛こと殿村権兵衛だった。権兵衛は膝行して藩主のそばに行くと、扇子を口にあてて何ごとかささやいた。すると藩主が立ち上がって、無言で広間を出て行った。

もとの席にもどった殿村は、もう眠ってもいられないというふうにだみ声を張り上げた。

「杉内、大橋家老にむかってそれだけのことを言うからには、証拠の数字はあるだろうな」

「ございます」

「よし、大目付はいるか」

殿村は自分の席に大目付の市村瀬左衛門を呼び、すばやく何事か打ち合わせた。それから声を張って、本日の会議はこれにて閉じる、一同下城してよろしいと宣言した。なかなか見事な采配ぶりだった。

「杉内弥助は残れ。それから大橋どの……」

殿村は大橋源左衛門を鋭い眼でにらむと、筆頭家老の貫禄をみせて言った。

「後刻大目付ほか二名が、そちらの屋敷にまいる。他出せずに屋敷にひかえておられよ。ま、むかしからこういうときはじたばたせずに腹を決めるとしたものだ」

大橋家老は失脚した。身動きも出来ないほどに村甚からの借金があり、杉内弥助が指摘したように知行地を抵当にいれていただけでなく、村甚に利を喰わせるかわりに、莫大な賄賂を取っていたことが大目付の調べで判明したからである。

村甚は郡代次席の役職と二百石を棒に振って、もとの十石にもどり、服部邦之助は御使番の職を解かれ、大橋家老ともども家禄を半減された上に、五十日の閉門をくらった。金井家老の息子を罠にかけて家老を陥れたことがあらわれ、また証拠はないものの、曾根金八を殺害した疑いが濃いとされた結果の処分である。ほかにも大橋派の者が大勢失脚し、金井派の人間が要職に復帰した。

暑い夏が過ぎ、秋めいた風が吹くようになったある日の夕方。非番で家にいた杉内弥助を人がたずねて来た。服部邦之助だった。

「ちょっと、そのへんまでつき合わんか」

と服部は言った。

弥助は部屋に引き返して刀を持つと、服部を追って外に出た。心配顔の民乃には、すぐもどると言った。

服部は先に立ってすたすたと町を歩き、ついに町をはずれて臼井川の川べりに出た。

「なにしろ、今度は貴公一人にやられたよ」

依然として弥助に背をむけて歩きながら、服部が言った。

「大橋派も形なしだな」

服部は、ようやく立ちどまって弥助を振りむいた。しゃべりながら、懐から紐を出して襷をかけた。弥助はその様子を黙って見ている。

「大橋源左衛門は再起不能だな、おそらく。大橋派としては遠大な計画があったのだが、それもおしまいだ」

「……」

「おれも再起不能だ」

服部は低い声で笑った。

「家禄が半分になった。ご先祖さまに申しわけないというわけだ。もう日は射さんだろうな」

「……」

「参ったことに、近ごろ村甚の借金の催促がきびしい。あのおやじは強いな。家中は村甚の借金漬けになっているようなものだ。貴公は借りておらんのか」

「……」

「そういうわけで、とにかく閉門が解けたら一度挨拶しようと思っていたのだ。立ち合ってくれるか」

服部邦之助は、するするとしりぞいて間合いをあけた。そしてまただんまりにもどったのかと言った。弥助はいやと言った。

「貴公、美根という女子をおぼえているか」

「美根？」

服部は首をかしげた。一瞬途方に暮れたような顔をした。

「誰だったかな。知らんな」

「いや、いいんだ」

と弥助は言った。二人はほとんど同時に刀を抜いた。日は野のむこうの丘の陰に落ちたが、空も地面もまだ明るかった。

今枝流は夜も目が見える修行をするそうじゃないか、と服部が言った。快活な口調だった。

「だから、明るいうちに勝負をつけようぜ」

青い草を蹴って服部が走って来た。刀は右肩の上にほとんど水平に寝ている。弥助は青眼に構えていた。近づくにつれて服部の顔が変化した。口は泡を噛み、三十半ばにしてなお秀麗な美貌が悪鬼の形相に変った。

服部が三間まで迫って来たとき、弥助は剣を下段に移して前に踏みこんだ。体を斜めに傾け、剣を摺り上げながら擦れ違った。存分に脇腹を薙ぎはらった感触があった。踏みとどまってすばやく体を回すと、のめって草むらに突っこんで行く服部の姿が見えた。

弥助は肩に手をやった。着ている物が破れて、指にうすく血がついたが軽傷だった。服部はぴくりとも動かなかった。大目付にとどけて出るために、弥助は歩き出した。たそがれて来た川岸をもどりながら、弥助は不思議なことに、いまは無性に誰かにむかって話しかけたいような気持になっている。

かが泣き半平

一

かがなきという国言葉があって、わずかな苦痛を大げさに言い立てて、周囲に訴えたりすることを指す。由来はいまひとつはっきりしないが、辞書をひくとかか鳴くというのがあってがあがあ鳴く意だと言い、万葉集巻十四にある「筑波嶺にかか鳴く鷲の音のみをか鳴き渡りなむ逢ふとは無しに」という歌を例に引いている。かがなきはこれから来ているのかも知れない。

しかしそうだとしても、国言葉のかがなきは辞書に言うかか鳴きとは若干ニュアンスの違いがあるように思われる。

たとえば、あの者はかがなきでと言うような場合、そこにはかがなく本人をわずかに軽んじるひびきが加わる。要するにまわりにむかって、露骨に泣きごとを言ったりこぼしたりするこらえ性のなさが侮られるわけで、鷲のかか鳴きとは少々趣が違って来る。

右のような中身から言うと、国言葉のかがなきは、どうやらかが泣きと表記するのが正しいようなのであるが、普請組に勤める鏑木半平がこのかが泣きだった。

普請組にも帳付け役がいて、その五人は三ノ丸の会所の中の普請組の詰所で、終日帳面をつけたりそろばんをはじいたり、勘定方に提出する書類をととのえたりしているけれども、そのほかの普請組の者は大概が外仕事である。

しかも仕事場は、稀に城内の建物、石垣、濠の修覆、あるいは家中屋敷の修繕といった近間の仕事があることはあるものの、大方は城下から四里もはなれている箭伏川の土堤の修理とか、領内の主要道路の道普請、河川の橋の架け替えといったぐあいに、城下からはるかにはなれた場所の土木工事であることが多かった。

また、普請組の役目は仕事の縄張りと監督で、自身人夫にまじって土はこびの畚を担ぐことはしないと言っても、むろん人夫を働かせて自分は木陰で寝そべっているというわけにはいかない。終日立ちんぼであれこれと指図し、畚を担がないまでも大石をどけるのに手を貸したりしている間に、日に焼かれ、風雨にもさらされるというわけで、箭伏川の土堤工事から帰るときはぐったりと疲れている。

その上、普請工事ではどうしても日があるうちは目いっぱいに働く癖があるので、城下にもどって来るころには、城勤めの者はとっくに下城している。空き腹がことに身にしみるということになるけれども、そうかといって武士たるものが鏑木のようにやれ疲れた、やれ腹が空いたと触れまわるのはいかがなものかと、組の者は半平のかが泣きがはじまると大概にがい顔をした。

しかしまわりがにがい顔をしたり、上役である小頭が、聞きぐるしい半平の悪癖を矯めてやろうと、それとなく忠告したりしているうちはまだ脈があったというべきで、近年は半平のかが泣きに耳を藉す者は一人もいなくなった。ただうす笑いして聞きながすだけである。

そして妻女の勝乃となると、半平がかが泣いてもうす笑いも見せなかった。

「いやあ、疲れた、疲れた。いや、参った」

三十を過ぎたばかりの鏑木半平は、大概こういう年寄みたいな科白と一緒に家に帰って来る。

奥の台所から勝乃がお帰りなさいませと言い、その声で茶の間から出て来た五つと三つの二人の子供が上がり框に膝をそろえて、父親を迎える挨拶をする。二人とも女の子で、半平はその子供たちがかわいくてならない。

頭をなでてやってから、腰をおろして草鞋を解きにかかる。

「今日は暑かった。こう暑くてはかなわん」

背中の方にいる勝乃に聞こえるように、半平は声を張り上げる。

「その上、人夫が車に丸太を積むのを手伝ったら、なんと爪を潰してしもうた。いや、これが痛いのなんの……」

半平は奥から射して来る明かりに、ひろげた左手をかざしてみる。小さな姉妹が、心配そうに父親の指をのぞきこんだ。

「これは大変じゃ。薬指の爪が半分がほど紫に変っておる」

「はい、濯ぎをどうぞ」

出て来た勝乃が、半平の足もとに水の入った盥をおろすと、子供たちに奥に行くようにと言った。半平は妻にも訴えた。

「爪が紫になりよった」

「まあ、それは大変」

と言ったが、勝乃は半平がひろげた指を見もしなかった。すぐにべつのことを言った。

「おまえさま、お疲れのところを申しわけありませんが、裏から薪(まき)を二丸はこんでもらえませんか。夕方までに中に入れようと思ったのに、すっかり忘れていました」

「よし」

と半平は言った。

半平は解きかけた草鞋の紐(ひも)をしめ直して外に出た。薪を積んである裏の軒下に行く。そのあたりはすっかり暗くなっていて、歩いて行く半平の顔をめがけて、はっしと虫が飛んで来た。

寸前に、半平は手を出して飛ぶ虫をつかんだ。ところがそれは屁(へ)ひり虫だったらしく、ものすごい悪臭がひろがった。

「やあ、やあ、やあ」

ひとりごとを言いながら、半平は虫を暗い草むらに投げ返した。足もとでわんわんと蚊が鳴いている。半平は手さぐりで、積んである薪に手をのばした。

――情のうすい女子(おなご)じゃな。

とふと思った。色変りした爪に目もくれなかった勝乃のことである。

しかし半平は、べつにそのことにこだわっているのではなかった。かが泣きは、半平の半ば無意識の口癖である。口に出したあとはあらまし忘れている。

勝乃は夜食の支度にいそがしかったであろう。そして勝乃の肩には、半平の老母と二人の子供の世話というものが、つねにべったりと覆いかぶさっている。その合間を縫っての内職の仕事がある。

その上に亭主のよしない泣きごとにつき合わないからといって、勝乃が悪妻だとは言えず、それに爪の痛みといったところで、もはや痛みの峠は越えている。それにまた大の大人が我慢出来ぬ手傷というものでもないことは、半平にもわかっていた。

ただほんの少し物足りなかった。半平の父鏑木半左衛門は微禄の普請組勤めながら心極流の極意を得た剣士で、半平が三歳になると庭にひっぱり出して棒を持たせた。稽古の間にころんだり打たれたりして、小さな半平は泣きたくなる。しかし父親がおそろしいから我慢していると、稽古のあとで母親が父親の目を盗んで、ちちんぷいぷい御代のおん宝と言いながら痛いところを撫でさすってくれた。それで痛みが少し直った気がしたものである。

まさか勝乃にちちんぷいぷいをしてもらいたいというのではないが、何かもっと言いようがありそうなものだと思いながら、半平は痛い指をかばって片手で二束の薪をおろし、ひと束は脇にはさみ、ひと束は右手につかんで家にもどった。

二

仕事の中休みに、欲も得もなくわずかでも涼しい場所をもとめて、木陰、物陰に這いこむような暑い夏もようやく終りに近づいたようだった。

と言っても、季節の移りは目に見えるほどにはっきりしたものではなかった。日が照れば、日中は相変らず暑かった。ただその暑い日射しにまじる風はもう真夏のものではなく、時には襟もとがぞくりとするような涼しさをふくんでいる。それだけ日中の暑さもしのぎやすくなり、朝夕はいつの間にか秋めいて来ているのだった。

三年前の秋、昨年の秋と、横津村区内において二度にわたって決潰した箭伏川は、今年は堤防の大修覆が行なわれたが、去年の秋から少しずつ取りかかってほぼ一年にわたる工事もようやく終りに近づいていた。普請組では、堤防沿いの村々からあつめた日雇い人夫を村にもどし、残る仕事は常雇いの人夫にまかせる段階に漕ぎつけていた。大風、大雨が襲う秋を前にして、どうにか堤防の修理補強が間に合ったのである。

仕事の先が見えて来た工事場には、さすがにどことなくほっとした空気が生まれて、昼休みには人夫たちが許しを得て川で水浴びをした。箭伏川は川幅ほぼ二十間余、雨の季節をのぞけば、白く乾いた砂洲の間を曲りくねって青い水が流れる穏やかな川である。

身体を洗ったついでに、こっそりと水にもぐって遊んでいる人夫たちを眺めていると、この川が二度もつづけて氾濫して土堤を破ったあばれ川とは思えないほど、のどかな光景に見えた。ともかく工事は順調にすすみ、もはや仕事の難所というものも残ってはいなかった。

その日、早番で仕事場に出た鏑木半平と同僚二人が、早めに城下にもどることを許されたのも、工事場の状況がそういうものだったからである。常雇いだけで仕事をしている工事場では、もう暗くなるまで鍬をふるうこともなくなっていた。

半平たち三人は、まだ日が落ち切らないうちに町に入った。

「いや、疲れた。やはりここまで歩くと大そうにくたびれる」

半平がかが泣き、三人は市内を流れる大堀川に突きあたった河岸道に立ちどまった。

「さて、これからどうするな？」

半平のかが泣きにはかまわずに、恩田又助がそう言うと、二人の顔を見た。

「家にもどるにはちと早かろう。白粉小路に寄って、ちくと一杯やらんか」

恩田又助は酒好きな四十男である。又助の頰も鼻のあたまも、日焼けとはまたべつの赤いいろに染まって、酒好きは顔にあらわれている。飲むから家計がくるしいなどとこぼしながら、又助がどんな時でも飲み代だけは懐に隠しているらしいのを、組の者はつねづね不思議に思っていた。

河岸の道は右に行けば御城の大手門前に出るし、左に行けば対岸にわたる河鹿橋に出る。又助が言う白粉小路は、入日を浴びて真赤に焼けている向う岸の町の奥にある。小さな飲み屋がいっぱいならび、名前のとおり白粉の香をぷんぷんさせた酌女たちがいる町で、上士はまず足を踏み入れない場所だが、気がおけなくて酒がうまいと、又助のようにそこをひいきにしている者も少なくない。

半平ともう一人の同僚笹井兵蔵は顔を見合わせた。半平が先に首を振った。

「いや、それがしはこれから会所に寄らねばならぬ」

それは事実だった。組では、堤防工事のすすみぐあいを、五日ごとに勘定方に報告している。口頭でよいと言われていた。工事の費用が嵩んでいて、勘定方では掛かり費用が普請組が提出している見積りからこれ以上はみ出ることを極端におそれていた。

半平が三ノ丸の会所に行くのはその用のためである。もう対岸の道にちらほらと下城の武士の姿が見えていた。白粉小路に寄るひまはない。それがしも、と笹井が言った。

「子供が病気で寝ておる。早めに帰ってやらんと……」

「いまどきの若い者は、つき合いが悪いの」

と又助は言ったが、無理強いはしなかった。一人でも飲みに行く気持は変らないとみえ、あっさりとじゃわしはこれでと言うと、足早に河鹿橋の方に去って行った。

「子供が病気か」

又助の背を見送ってから、半平が振りむいて言うと笹井兵蔵は苦笑した。

「なに、夏風邪だ。大したことはないが、ああ言わぬと恩田の酒は長いからの。なかなかつき合いきれぬ」

「それもそうだ」

二人は歩き出した。二人が歩いている場所は、こちら岸にただ二町だけ、武家町の間にはさまれている商人町で、河岸の道にも青物や肴(さかな)を商う大きな店があった。夕方なので、その前には人が混(こ)み合っていた。

そうして歩いているうちに、半平は突然の怒号と人びとのざわめきを聞いた。はっと顔を上げると、一人の武士が小さな子供を犬ころのように地面に投げつけたところだった。たちまち子供が泣き出し、その子供の母親なのだろう、若い女が身体を投げかけるようにして子供を懐にかばった。

武士は三人いる。そう半平は見たのだが、つぎにはそれが主人とお供の家士、年老いた中間(ちゅうげん)であることがわかった。おそらく買物をする母親について来た女の子が、恰幅(かっぷく)のいいその主人の武士の前を横切るか、身体に触れるかしたので、供をしていた家士が子供をつかまえて道わきにほうり投げたのだろうと思われた。お供の家士はまだ若く、主人をしのぐ大兵(たいひょう)の男だった。

母親が、子供を抱きこんだまま地面に頭をすりつけんばかりにして詫(わ)びている。大体事はそれでおさまるだろうと思われた。

——それにしても、大人気ないことをするではないか。

半平は子供を投げつけた若い男に、強い反感をおぼえながら立ちどまって成行きを見ていた。そのときには、まだ数間の距離があるものの、主人である武士が誰であるかもわかっていた。

守屋采女正、藩主家の一門である。一門でありながら家老の席に名をつらね、重要な会議があるときをのぞいて登城することは稀だと言われながら、その家老職は飾りではなく、藩内に隠然たる発言力を持つと言われる人物だった。

こちらに来たら、道わきにしりぞいて挨拶せねばならんだろうと半平が身構えたとき、人びとの間からもう一度、おし殺したような驚きの声があがった。のび上がると、遠まきにしている町人たちの間から、若い家士の姿が見えた。大兵の家士は、地面にうずくまる母親を足を上げて蹴っている。

半平は采女正の顔を窺った。遠くてはっきりした表情はわからなかったが、采女正が家士を制止しているようには見えなかった。無表情に、眼の前の折檻を眺めているようでもある。親子はいったい、采女正にどんな無礼を働いたのだろうかと、半平は訝った。

蹴られて、母親の身体が浮いた。そして、子供を抱えたままころりと川の縁の方にころげるのが見えた。見ていた女たちの間から鋭い悲鳴が上がった。でも、武士がこわくて、誰も手が出せないのだ。

「これを頼む」

とっさの判断で、半平は大小を腰からはずすと、笹井兵蔵にわたした。兵蔵の顔がひきつった。

「やめろ、半平。あとが面倒になるぞ」

「なに、手むかいはしない」

言い捨てて半平は走った。人の輪の中にとびこむと、釆女正に一礼し、すばやく若い家士の腰にうしろから組みついた。

「折檻もほどほどにされてはいかがか」

うしろからささやきかけたが、家士は首を回して半平を振りむき、低いうなり声を立てただけだった。大きな男で、半平は組みついたものの大木にでもしがみついたような気がした。

突然に、家士は身体を回した。すると半平の身体はあっさりと浮き上がり、足は地面からはなれて振り回された。ついで強い指の力が、男にしがみついた半平の手を捥(も)ぎはなしてしまったので、半平の身体は勢いよく地面に落ち、勢いのままに乾いた地面をず、ずと滑った。

その姿がよほど滑稽(こっけい)に見えたらしい。それまで折檻される親子を見て悲鳴をあげていた見物人が、今度は無責任にくすくす笑った。半平ははね起きた。走り寄ると頭ひとつは背が高い家士とがっしりと組み合った。

だがそれは組み合ったというよりは、相手につかまったと言うべきかも知れなかった。若い家士は顔いろひとつ変えず、ぐいと半平を抱え上げた。半平の足はまた宙に浮いた。家士は、半平の身体をじりじりと肩まで担ぎ上げようとしている。

そのとき、釆女正がはじめて声を出した。

「塚原(つかはら)、そこらでやめとけ」

その声を聞くと、家士が半平を力いっぱい地面に投げ落とした。投げられながら半平がすばやく脛を蹴ったので、家士はがくりと地面に膝をついたがそれだけだった。蹴られた場所をさすりもせずに、塚原と呼ばれた家士は采女正と一緒に去って行った。

したたかに腰を打って、半平はすぐには起き上がれなかった。

「うむ、こいつは痛い。やられた」

半平がかが泣いていると、おさむらいさま、大丈夫ですかという声がした。見ると、髪ふりみだした若い母親が這い寄って来たところだった。まだ、二つか三つと思われる女の子が、母親の懐からきょとんとした顔で半平を見つめていた。

「や、大丈夫だ。そっちこそ怪我はないか」

半平が上体だけ起こして腰をさすっていると、笹井が来て無言で刀を渡した。

三

その事件があってからひと月足らずで、箙伏川の堤防工事は完成した。完成の前に領内を一夜暴風雨が襲い、箙伏川は石垣も見えないほどに増水して、濁流が二昼夜も岸を打ち叩いたが、補強をほどこした厚い堤防はびくともしなかった。

最後に勘定奉行、郡奉行、それに半平たちの上司である普請奉行と下役の一行が新堤防を視察して、箙伏川の工事は正式に終った。そしてその視察から中一日おいて、今度は堤防工事に従った普請組の者が城中桐ノ間に呼ばれ、家老、中老が列席する中で月番家老から慰労の言葉を受け、酒とするめ、菓子一包みをもらった。近年例のないことだったが、藩では箭伏川の大決潰で、流域の百町歩近い水田があるいは土砂に埋まりあるいは穂を枯らした上に死者まで出た、過去二度にわたる災害を重くみて、今度の大修覆工事の完成を祝ったということらしかった。

普請組では、会所にもどると奉行の肝煎りで建物の中の会議の間を借り、その日は仕事はなしで下されものの酒を飲んだ。会所の台所で働く女たちに焼いてもらったするめを肴にした簡素な酒盛りだったが、はじめたのが八ツ（午後二時）過ぎだったので、その昼酒はかなり利いた。終りごろには声も高くなって、ほかの組の者が何事かと部屋をのぞきに来るほどだった。

「鏑木、どうだ、白粉小路をつき合わぬか」

そばに来た恩田又助が言った。上役の方から、あらかじめ下城触れを待たずに退出してよいという許しが出ていて、そろそろ腰を上げる者もいた。

「笹井は今日はつき合うそうだぞ。このぐらいの酒じゃほんの誘い水、とても家にもどる気にはなれんだろうが、ん？」

又助は酒焼けした顔をぐっと近づけて来た。さて、と半平はつぶやいた。半平は酒はあまり強くなくて、ここで飲んだだけで十分だった。

それに、いまごろになって長い工事の疲れが出て来たのか、肩や腰がだるい。出来ればこのまま家にもどってひと眠りしたいほどだったが、前に一度逃げているので、又助の誘いはことわりにくかった。笹井兵蔵をさがすと、兵蔵はこちらを見て笑っていた。又助が言うとおり、今夜は白粉小路をつき合うつもりらしい。

では行くかと言いかけたとき、半平に救いの神が現われた。そばに寄って来た下役の関口甚兵衛(じんべえ)である。

「鏑木、帰りにちょっと寄り道してもらうぞ」

と甚兵衛が言った。

下されものの酒とするめ、お菓子は工事にかかわった普請組のほかに、抱えの常雇い人夫の家二軒にもあたえられていた。それにはわけがあって、その二軒では、箭伏川がはじめて破れた三年前の秋に、それぞれ死者を出したのである。暴風雨の中で行なわれた必死の応急工事の最中のことだった。藩ではそのことを忘れずに、特に褒美(ほうび)の品々を下げ渡すことにしたのである。

酒三合とするめ一枚、折箱にも入らない小さな菓子包みといった品々だが、名目は藩主からの下されものである。箭伏川の工事で死者を出した家では名誉と思い、喜ぶはずだった。工事で働いた常雇い全体には、工事が終ったその日に、普請奉行の名前で酒手が出ているので、藩の措置はその意味でも当を得たものだった。

半平は又助らと一緒に城をさがったが、大堀川の河岸の道に出たところでみんなと別れ、橋を渡った。傾いた日射(ひざ)しがやわらかく対岸の道や家々にさしかけ、ゆっくりと川を下って行く荷舟を照らしていたが、こちらの岸の家々や石垣のあたりは濃く暗い影に包まれ、その影は川の半ばまでのびていた。風景はいつの間にかすっかり秋めいてしまい、淡い日射しを浴びて歩く人々の姿が小さく見えた。

橋を渡ると、半平は川筋にそって河岸の道をしばらく上流に歩き、途中から左に折れて町人町に入った。寄って行くのは桶屋町にある抱え人夫長屋である。抱えの常雇い人夫と大工が住む長屋は城下の二ヵ所にあり、もう一ヵ所は城下の北はずれの寺前町にあった。

死者は両方の長屋から一人ずつ出ていた。だが、寺前町の方にはべつの者がついでがあって行き、半平が行くのは桶屋町の長屋だけである。朝太の家はどこかと聞けばすぐにわかると関口甚兵衛は言ったが、長屋に着いてみると、その家は聞かなくともわかった。

長屋は三棟で、生垣の入口を入ると敷地の正面に二棟がならび、右手に正面のひと棟と向き合う形でもうひと棟の長屋が建っている。朝太の家は正面の二棟のうち、敷地の入口からもっとも近いひと棟の端の家だった。

日が落ちるところらしく、ひろい敷地には薄青い暮色がただよい、家々では夜食の支度がはじまったとみえて、どこからともない煙の匂いが鼻を刺して来た。半平と入れ違いに、数人の子供が一団になって敷地から走り出て行った。とっぷりと暮れるまでに、外でもうひと遊びして来る算段なのだろう。

開いている縁側から訪いをいれると、若い女が出て来た。それが見たことがある女だったので、半平は目をみはった。声もなく女を見つめていると、女もすぐに半平に気づいたらしかった。

「あらッ」

と言った。女はひと月ほど前に、半平が河岸の道で守屋采女正の家士の手から救ってやった若い母親である。

半平が、これは奇遇と言い、二人はしばらく呆然とお互いを見つめ合ったが、すぐに両方から話しかけた。

「あの節はお助けいただきまして……」

「あのあとは大丈夫だったかの」

二人は同時に口を開き、そのことにうろたえてばつ悪い笑顔を見合わせた。そして半平はそのときはじめて、目の前にいる若い女が非常な美人であることに気がついていた。目がきれいで、口は形よく小さい。どこかに少女めいた面影を残す小柄な女だった。

「さきに用件を申そう」

われに返って半平が名前を名乗った。

「そなたが朝太の女房どのかな」

「そうです」

「殿から下された品があるので持参した」

半平がわけを話して持参した品々をわたすと、女房は恐縮して礼を言い、いまお茶をさし上げるからそこに掛けてくれと言って、奥にひっこんだ。間もなく奥から鉦の音が聞こえて来たのは、頂戴ものを仏前にそなえたのだろうと思われた。

半平は縁側に腰をおろした。品物をとどけたらすぐに帰るつもりだったのだが、お茶を出すと言われて気が変った。むろん女が、このまま帰ってしまうにはもったいないような気にさせる美人だったからでもある。

相手は後家とはいえ多少の縁があった女子だ。わずかの間茶飲み話をしたぐらいで人に咎められることもなかろう、と半平は思った。そう思う気分の中に、会所の酒が残した酔いがまじっていることには気づかなかった。

「お待たせしました」

と言って、女がお茶と茶うけの漬け物を出して来た。漬け物はたくあん漬けと小茄子の浅漬けだった。こういう茶うけは、武家の家にはない習慣である。

試みにたべてみると、うまいたくあんだった。小茄子はもっとうまかろうと半平は思い、それで気持がほぐれた。

「この漬け物は、そなたが漬けたのか」

「そうです。お口には合わないかも知れませんが……」

「なんの、至極の味じゃ」

「たんと召し上がれ」

半平は茶碗をわしづかみにして、ぐびりと茶を飲んだ。酒を飲んだあとなので喉がかわき、お茶もうまかった。

茶碗を置きながら、半平はうす暗い家の奥をのぞきこんだ。

「静かな住居じゃが、ほかに人は」

「おりません。わたくしと娘の二人だけです」

「それは淋しかろう」

と半平は言った。

抱え人夫と大工は藩から扶持をもらい、また世襲が建前だった。仕事が城内の建物の普請、工事を受持つことがあるからだろう。そのために、亭主が事故で死亡しても、即刻扶持をとめられたり、長屋を追われたりする心配はないが、しかしそれも限度というものがあるはずだった。まだ、二、三歳とみえたあのときの娘が婿を取るまでとはいかず、いずれは、このうつくしい寡婦が婿を迎えることになるのだろうかと半平は思った。

「婿をもらわねばならんだろうな」

「はい、もう十年もたてば」

「いや、娘ではなくそなたの話だ」

「いいえ」

朝太の女房は強く首を振った。

「そういう気持はさらさらありません」

「しかし、そろそろそういう話が持ちこまれているのではないかな」

案外的を射たと見えて、女は赤くなって顔を伏せた。そして急に話題を変えた。

「箭伏川のお仕事は、すっかり片づいたのですか」

「やっと終った。それで今日は、頂戴もののお酒で一杯やったというわけだが、いや、疲れた、疲れた」

とくいのかが泣きが出た。

「働いておる間はさほどとも思わんが、疲れはその間にもたまるとみえる。終ったとたんにどっと疲れが出た」

「そうでしょうとも」

「肩が凝るし、腰が痛む」

「少しお揉みしましょうか」

朝太の女房は、そういうと半平のうしろに回り、無造作に肩に手をかけて来た。かが泣きを真にうけた様子である。

半平はふるえ上がった。こんなところを人に見られたらただごとでは済むまい。

「いやいや、志はありがたいが十分馳走になった。この上肩まで揉んでもらうわけにはいかん。そろそろ失礼しよう」

「死んだ亭主をよく揉んでやったものです。これでも肩揉みはうまいのですよ」

女房は、半平の思惑など歯牙にもかけない様子で、さっそくに肩にかけた指に力をこめた。なるほどよく透る指である。凝ったところをさぐり当てるように押して来るのが、何とも言えず快かった。

「この間お助けいただいたお礼を何にもしていません。肩ぐらいは揉ませてください」
「さようか。いや、恐縮」
と半平は言った。揉まれて肩がほぐれる心地よさもさることながら、美人の女房が、ふだん誰も相手にしてくれない自分の愚痴を正面から受けとめ、親身にいたわるそぶりをみせているのにすっかり感激していた。

半平が長屋の敷地を出たのは、とっぷりと日が暮れたころである。酒はさめていた。

――いやはや……。

とんでもないことをしてしまったぞ、と半平は思い、道に出るときは思わず足音を盗む歩き方になった。

といっても格別悪事を働いたわけではなく、女に身体(からだ)を揉んでもらったというだけの話だが、言われるままに家の中まで入りこみ、肩ばかりか寝そべって足腰まで揉んでもらったのはどういう了見だったのかと、半平はいたく反省せざるを得ない。若後家と娘だけの家と承知で上がりこみ、身体を揉んでもらったなどということがまわりに知れたら、半平が上から咎めを受けることはむろん、朝太の後家も無事では済むまい。

「いやはや……」

半平は今度は声を出して、首筋を掻(か)いた。誰にも気づかれずに済んでよかったとほっとしていた。

ほろ酔い機嫌(きげん)だったからの、と半平は不可解な自分の行動を、ちょっぴり弁護してみる。だがどうもそれだけでは片づかないものがあったこともわかっていた。第一いくらほろ酔い機嫌だとしても、朝太の後家が市井(しせい)で言うおかちめんこだったら、家に上がりこんだかどうかは疑わしい。

要するに女の家は、半平にとって甚(はなは)だ居心地がよかったのである。女は美人で、按摩(あんま)がうまく、その上ここが肝心のところだが、半平に対して献身的ないたわりを見せたのである。

身体を揉んでもらってから、また茶を一服した。そのお茶と漬け物はやはりうまかった。途中で遊びあきた娘が帰って来たが、この子がまた人みしりをしない子供で半平が呼ぶと膝(ひざ)に乗って来た。そうしながら半平は、自分の家では人に聞かせたことがないような上機嫌な笑い声まで立てたのである。

――ま、しかし……。

二度と行くこともない家だろうから、と思ったとき、半平の耳に、帰りがけに暗い土間でささやきかけて来た後家の声が甦(よみがえ)って来た。

「また、おいでなさいまし。肩などいつでも揉んでさし上げますよ」

禁断の木の実を齧(かじ)ってしまった予感に、半平がぴくりと身体をふるわせたとき、道の前方にただごとでない物音が起きた。人が走って来るようである。それも一人ではない。

半平はとっさに道わきの家の横にとびこんで、身を隠した。

はたして、人気のない暗い道を疾走して来た者がある。二人だった。しかも地を蹴(け)る足音、喉を鳴らす喘ぎ声に尋常でない緊迫感がある。と思う間もなく、走って来た二人は半平が隠れている場所を通り過ぎたところで、突然に斬り合った。

気合とも罵り声とも聞こえる短い声と、刀を打ち合う物音がつづけざまにひびいたと思うと、一人がおうと叫んだ。つづいてどさりと人が倒れたらしい物音がして、それっきり道は静まりかえった。

半平が家の陰から首を出してみると、どうやら倒れた一人の上に、もう一人がかがみこんでいる様子に見えた。夜目ではそれ以上のことはわからない。

やがて、かがみこんでいる男が立ち上がった。大きな男だった。その男は、人を斬り倒したというのにいそぐ様子もなく、道をもどって来ると、首をひっこめた半平の前を通りすぎて行った。その大きな身体と身体に似合わず猫のように足音を立てない歩きぶりに、半平は記憶があった。顔こそ見えなかったが、男は守屋采女正の家士で、塚原という名前がわかっている人物に間違いなかった。

男の気配が消えるのを待って、半平は道に出ると倒れている男のそばに行った。鼻腔をさぐったが、男はもう息絶えていた。脇の下から肩に斬り上げた傷が致命傷だとわかった。血の匂いが路上に立ちこめていた。

朝太の後家に聞いたところでは、河岸の道で塚原の折檻を受けたのは、思ったとおり子供が走って采女正の前を横切ったためだということだった。それだけのことで、塚原という男はまわりの者が顔をそむけるような折檻を親子に加えたのである。

塚原が、なぜそうしたか。いまでは半平にはおよその見当がついている。塚原は主人の釆女正の機嫌をとったのだろう。釆女正がそうしろと命じたわけではなく、人を苛むことを喜ぶ主人の嗜好をのみこんでいる塚原が、いい機会とばかりに主人を喜ばせたのだと思われた。塚原は釆女正の忠実な走狗だった。たったいまの斬り合いも、ただの喧嘩ではなくうしろには必ず釆女正がひかえているに違いないと思ったとき、半平は、一年ばかり前に中老の久保康之助が理由不明のまま自宅で腹を切るという、不可解な事件があったことを思い出していた。

普請組が箭伏川の堤防工事にかかり切りになっている間に、藩の内部には半平たちの窺い知ることも出来ない事件が進行していたようでもある。闇の中に、こと切れて横たわっている男の死骸がそう思わせた。

四

「江戸の殿から、今朝これがとどいた」

次席家老の鮎川助左衛門は、そういうと懐から出した封書を中老の中条玄蕃に渡した。鹿子うやうやしくひらいて見た玄蕃は、それをさらに無言のまま番頭の石塚十蔵に渡した。鹿子町の鮎川屋敷の奥座敷にあつまっているのは、この三人だけである。

読み終った石塚が、一度手紙を額の上に押しいただいてから、巻きもどして丁寧に封じ紙に入れ、次席家老に返した。そして言った。

「亡き者にしろというご命令ですな」

「一切隠密にだ。家中にも一切洩れてはならんということだの」

と助左衛門が言った。手紙の中で、藩主が亡き者にしろと指示しているのは守屋釆女正のことである。

三年前に、藩ではすでに将軍家に謁見を済ませていた世子が急死するという不祥事があった。男子は病死した世子一人だけだったので、藩では衝撃を受けたが、ほかに健康な女子が二人もいたので、その一人に急いで婿養子を取る方針が決まった。

その養子の一人として最初に有力視されたのが、釆女正の三男で、江戸の旗本の養子となっている織之助である。釆女正自身が藩主に売りこんだのだとも言われたが、しかしそのあとから、藩とは親戚の関係になる三村藩の次男小次郎との縁談がすすんでいることが公けにされると、織之助有利の線はあっけなく潰れた。そのころ、藩には三村藩に二万両を越える借金があり、縁組がととのえばその借金は棒引きにされるだろうという話も伝えられた。

しかし三村藩との縁組は、簡単にはすすまなかった。守屋釆女正が、強力な反対をとなえたからである。わが子をつぎの藩主に推すというのではないが、縁組は血の濃さを優先させるべきであると釆女正はとなえ、その主張はある程度藩の要職にいる者の支持を得ていた。そのために藩の養子縁組の一件は、藩主や鮎川の焦燥をよそに三年を経てなお停滞していた。

采女正の言う血の濃さとはつぎのようなことである。三村藩との親戚関係は先々代の妹、つまり当代の藩主の大叔母が三村藩に輿入れしてからはじまっている。藩主と三村藩主は又従兄弟だった。そして采女正と藩主も又従兄弟である。

異母弟ではあるが先々代の末弟にあたる人物が、一門の守屋家を継いで藩の重職となっている。これが采女正の祖父で、血はこちらの方が濃いと采女正は主張していた。

しかし藩主は一門の采女正とも、采女正の子である織之助とも肌が合わなかった。そして血のつながりがうすい遠縁の三村藩主とはウマが合う仲だった。借金棒引きの話も、気が合う藩主同士の遠慮のない雑談の中で出て来た話で事実だった。富裕な三村藩と新しい縁組を結べば、のちのち藩のために不利にはなるまいという計算も、藩主の頭の中に出来ている。

藩主は一日もはやく藩論をひとつにまとめて、三村藩との縁組を決めたがっていた。一年前に中老の久保が自裁したのは、そういう藩主の意向を受けて采女正の説得にあたったものの、結局は失敗して藩主と采女正の間の板ばさみになったせいだと、要職にあるものは承知している。

そういうぐあいに藩論がまとまっていないことを、藩主も縁組の折衝にあたっている重職も、先方の三村藩にはひた隠しにしていた。そういう事情なら、無理に小次郎を養子にさし上げることはないと言われては、こちらが描いている縁組み話は夢と消えてしまう。そうかといって、これ以上縁談が停滞してはやがて先方に不審を持たれようと、藩主は憂慮していた。

そこで藩主は、今度はさきの久保中老の轍を踏むことを避けて、江戸から近習の駒井重四郎を帰国させた。采女正派に数えられている重職たちを個別に説得させて、采女正の孤立化をはかろうとしたのである。

しかし十分に用心したつもりだった隠密裡の工作も、結局は采女正に洩れて、重四郎は殺害された。近ごろの采女正は、織之助の養子をあきらめたかわりに反対のための反対をつらぬくとでもいうような、きわめて意固地な姿勢を見せはじめていた。しかしそれにしても、有無を言わせず駒井重四郎を殺害したやり方は、藩主以下の三村藩に対する慎重な気配りをまったく無視した、傍若無人の暴挙というほかはないものだった。

藩主の手紙には、近ごろの采女正のそういう傲慢な姿勢と寵臣を殺害されたことに対する憤怒が溢れていた。

「これは、面をそむけるというわけにはいくまいて。時機が来たようだ」

と中条玄蕃が言ったのは、藩主のその怒りを指したのである。鮎川と石塚がうなずいた。

「すると、あとは誰にやらせるかだな」

「それが容易なことではない」

中条の言葉を受けて、次席家老が言った。重苦しい声に聞こえた。

「たしか采女正どのは、何とか申す流派の達人だったはずだ」

「小野派一刀流」

石塚十蔵が即座に言った。

「お若いころに江戸でみっちりと修行された、本物の剣だ。その上つねに身辺をはなれぬ家士がいて、はて、塚本とか塚原とか申したかな、この男がまた不伝流の免許を得た遣い手だと聞いておる」

「さてさて、厄介な」

中老が嘆声を洩らした。

「これでは討手をむけるとしても、なまなかの者では歯が立つまい」

「まず五分に立ち合える者といえば近習組の金剛早太、馬廻組の矢口甚五郎……」

「いやいや、石塚。ここにもうひとつ問題がある」

中老は番頭を制した。

「金剛も矢口も、家中で知らぬ者がいない遣い手。かりに事がうまくはこんだとしても、この二人では真先に疑われてしまう」

「そうか。山崎がむこうの派ゆえ、調べもきびしいかの」

大目付の山崎猪之助は守屋派だった。山崎に限らず、釆女正は藩の要職にある者の過半を押さえていて、ここにいる鮎川ら三人はむしろ少数派に属する。

こういういまの形勢から言えば、かりに釆女正の暗殺が成功したとしても、それが鮎川一派の差し金とわかった場合、たとえ真相は上意討ちである旨を公表しても反対派の反発を押さえ切れるかどうかは不明だった。押さえ切れなければ、あとは血で血を洗う藩内抗争にもなりかねないのである。

そういう事態を避けるためには、刺客の身分を徹底して秘匿するしかない、と中条玄蕃は言っているのだった。守屋采女正は、いまや排除しなければならない藩の障害物だった。しかし暗殺の真相はどこまでも闇に閉じこめなければならない。

「貝吹き役の浅井惣六はどうかの」

と石塚が言った。

「あれなら身分も低いし、直心流の剣客と知らぬ者も多かろう」

「いやいや、浅井はもう無名ではない」

と中老は言った。

「この秋の検分で、金剛に負けはしたものの、依田新之助、矢口甚五郎を破って第二位の成績をおさめておる。見ておらんのか」

「わしは小牧町の矢場の方に参ったもので。さようか、浅井もだめか」

藩では年に一度、藩士の武芸を検分する日を定めていた。その日に家中藩士は剣、槍、鉄砲、弓、馬のうち、得手とする武芸を申告して検分を受ける。検分役には藩の重職が手わけしてあたることになっていた。

「ちょっと待った、いま思い出したことがある」

それまで沈黙して二人のやりとりを聞いていた鮎川助左衛門が、腕組みを解いて口をはさんだ。

「普請組に鏑木という男がおろう」

「鏑木半平ですかな。またの名はかが泣き半平」

石塚十蔵は言ってからにやりと笑った。その奇妙な渾名が普請組の外にも聞こえている男の、普請組勤めにしては肉の薄いややひ弱な感じをあたえる顔を思い出したのである。

「半平の父親は死にましたが、心極流という小太刀の名手でした。で、その半平がいかがしましたかな」

「それ、それ」

と家老は言った。

「その父親が、十年ほども前になるかの、伜を連れて馬喰町の道場に来たところを、わしが偶然に見ておる。試合に来たのだ」

「父親が？」

「さにあらず、道場の者と立ち合ったのは、半平と申すその伜だった」

中条と石塚は、坐り直して家老を見た。馬喰町の道場というのは、元物頭で浅山一伝流の剣士だった佐治善右衛門が、致仕したあとに藩の許しを得てひらいた高名な道場である。いまも家中の子弟にもっとも人気が高く、さっきの話に出た馬廻組の矢口甚五郎は、この道場の高弟である。

話は前に通じてあったとみえて、そのときの鏑木半平と佐治道場の門人の試合は親子が到着するとすぐにはじまったが、結果は間もなくあきらかになった。半平が道場の剣士を総なめに破ったのである。

「総なめ？」

石塚が驚愕した眼を家老にむけた。

「いまは筆頭が矢口甚五郎ですが、十年前というと、ええーと、諏訪孫之進あたりかな」

「そう、そう、その諏訪も敗れた。この目で見た」

「これは初耳」

と石塚が言い、三人は口をつぐむとお互いにさぐるような眼を見交した。


十日後の夜に、三人は鮎川屋敷に鏑木半平を呼び出した。落ちつかない表情で下座にかしこまった半平に、石塚がいきなり言った。

「家に伝わる心極流は、その後も稽古しておるかの」

「……」

半平が何のことかわからないという顔をするのに、石塚はさらに浴びせた。

「秋の検分に、一度も心極流を披露しなかったのはどういうわけだ」

「それがしは……」

と言ったが、半平は顔が真赤になった。

「一芸をという定めですので、それがしは箭伏川の河原に出て、鉄砲打ちをごらんいただいておりますが……」

「それはわかっておる。なぜ得意技を披露せぬかと聞いておるのだ」

「それがしの流儀は小太刀でありまして。それに、剣はほかに人もおられます」

石塚はそう言う半平をじっと見つめたが、声を落としていま少しこちらに寄れと言った。

半平が前にすすむと、三人の重職は半平を取り囲むように膝を寄せた。

そして家老の鮎川が、いまから申すことは他言一切無用、そのつもりで聞けと言った。

「守屋釆女正さまのことは存じておるな」

「はい」

「どのようなことを知っておるか、言え」

「御一門の重職であられます」

「ほかには?」

「小野派一刀流をきわめられたと、うかがっております」

「そのほかには?」

「……」

「わしが教えよう」

と鮎川は言った。

「釆女正どのは、月に二度柳町の牡丹屋に飲みにおいでになる。そこのおかみがごひいきだ」

「……」

訝しむように顔を上げた半平に、鮎川はもうひと膝寄れと言った。半平が言われたとおりにすると、家老は皺だらけの首をのばして、半平の耳に人に知られずに釆女正を刺せとささやきかけた。

さっきは赤くなった半平の顔が、今度は血の気を失って真白になった。半平は後じさりすると、畳に頭をつけた。

「何とぞ、余人にお命じください」

と半平は言った。

「おそれながら、それがしの任ではございません」

「討ち留めろというのは、殿のご上意だぞ。ご指示のお手紙を読むか」

「ひらに、ご容赦を」

半平は畳に頭をすりつけたまま、蟇のように尻でいざって距離をあけた。ひょいと上げた顔が、許しを乞うて泣かんばかりである。

「釆女正どのは伝え聞く一刀流の達人。とてもそれがしのおよぶところではございません。ご指名は何かのお見込み違いかと存じます。このお役目は、何とぞ余人に……」

「こりゃあ、ちと無理ではないかの」

中条玄蕃が言い、鮎川も首をひねった。しかし石塚十蔵は、そういう半平を薄笑いして見ていた。鮎川が言った。

「番頭は、どう思うな」

「なに、これが例のかが泣きというやつで、案じることはありません」

石塚はそう言うと、語調を改めて半平の名前を呼んだ。

「聞いたところによると、そなた、近ごろ桶屋町の長屋の女房とねんごろにしておるそうだの」

「……」

半平の身体が石のように動かなくなった。

「相手は後家とはいえ、そなたはれっきとした女房持ち。こりゃあ、問題だ」

「……」

「さて、ここで談合だ。今夜の頼みを引きうけるなら、桶屋町の一件は不問に付してもよい。しかし……」

石塚の顔も口調もきびしくなった。

「あくまでもわれわれに味方することを拒むというなら、そなたの桶屋町の一件は表に出さざるを得ないな。そなたをかばういわれはないから、当然そうなる」

「……」

「わかっておるだろうが、表沙汰になるとこれはかなり面倒なことになるぞ。家中に恥をさらすだけでなく、家禄が減ることは間違いない。後家だって無事には済まんぞ」

石塚の声はなりふりかまわぬ恫喝になっている。

五

　寒い夜だった。日中こそ日のあたる場所は明るくて、軽く汗ばむほどにあたたかいが、夜になると夜気は一転して冷え、立っていると足もとがつめたくなる。季節は冬を目前にしているのだった。

　鏑木半平は、守屋屋敷の門を斜めに見る場所にある他家の門の庇の下に、身動きもせず立っていた。

　――そろそろ……。

　出て来てもよさそうなものだ、と思っていた。塚原のことである。

　五日前に、半平は同じ場所に立っていて、守屋采女正が塚原をお供に門を出て来たのを見た。後をつけてみると、家老の鮎川が言ったように、行先は柳町の牡丹屋だった。二人が出て来るのを辛抱強く待って、また後をつけてわかったことは、家士の塚原が酒を飲んでいないということだった。

　それならいつかは、一人で飲みに出かけるときもあるだろうと思って、それから毎夜張番をしているのだが、塚原はまだ姿を現わしていなかった。

　半平は恩田又助のような酒好きではないが、それでもたまには鬱を散じるための一杯が欲しくなるし、白粉小路の酒も嫌いではない。そういう自分にひきくらべてみても、あれだけの体格を持つ塚原が酒嫌いとは思えなかった。

いつかは飲みに出るだろう。しかしそういう考えは見当違いで、塚原は案外屋敷の中であてがわれる酒を飲んで満足しているのかも知れず、あるいは推測と違って酒が嫌いな男なのかも知れないという心配はある。しかしそれならそれで、こうして待っているうちには、いまに塚原が夜の使いに出るということぐらいはあるのではないかと、半平は思っていた。

半平はあきらめず、ゆっくり待つ気だった。そして塚原が出て来たら、そのときは相手を叩きのめすつもりでいた。

番頭の石塚十蔵は、あたかも半平が横着から命令を拒んでいるかのような言い方をして脅しをかけて来たが、あのとき半平は、心極流の小太刀にはいささか自信があるといっても、釆女正と塚原の二人が相手ではこちらに勝ち目はないと判断したのである。それはほとんど自明のことだった。

だから刺客役を引きうけざるを得なくなったときに、真先に考えたことはどうしたら二人を引きはなすことが出来るかということだった。結論は平凡だった。まず一人で外に出て来た塚原を見かけたらぶちのめす。そして釆女正と一対一の勝負に持ちこめれば、勝機はなきにしもあらずということだったのである。むろん、それで勝てるというわけではない。

——とにかく、塚原を叩くのが先だ。

と、いまも半平は思っていた。それが出来なければ、釆女正の暗殺はほとんど不可能と言わざるを得ない。

考えに沈んでいる半平の眼に、このとき五日目にしてはじめて、守屋屋敷の門の内に灯の色が動いたのが見えた。誰かが出て来るのだ。半平は隠れている門の柱にぴったりと身体を寄せた。

潜り戸が開いて、外に出て来たのは塚原だった。提灯の光に、まがまがしいほどに大きな身体がうかび上がった。塚原はすぐに、半平がいる方に背をむけて去って行く。半平は顔を覆った黒い布を、鼻の上まで引き上げ、袋に入れた木刀を左手に持ち直すと塚原のあとを追った。

道は先に行く塚原のほかは無人だった。黒い大きな背が、提灯の灯を覆い隠すようにして動いて行く。あと十間ほどで、塚原が屋敷町をぬけるところまで来たとき、半平は木刀を提げて疾走した。

足音に振りむいた塚原が刀の柄に手をやったのを見向きもせず、木刀で塚原の足を殴った。塚原は刀を抜きかけたようである。半平はその横を走り抜けた。

提灯の灯が燃え上がり、塚原が地ひびき立てて転がる音がした。たまらずに、塚原は吼えはじめている。足の骨が折れたか、折れないまでも脛に当分は歩けないほどの罅が入ったはずである。半平は振りむきもせず、疾駆して河岸の道に曲った。

それから十数日して、半平は今度は深く頬かむりして柳町の牡丹屋の入口が見える路地に身をひそめていた。季節は師走に入り、そうして暗い路地にうずくまっていると、腹の底から冷えがこみ上げて来た。路地を風が吹き抜けるたびに、半平はがちがちと歯を鳴らした。

しかし、その間にも眼は一瞬も牡丹屋からはなさず、休みなく指を揉み、時どき立ち上がっては音を立てずに足踏みをつづけた。寒さで手足がこわばらないように用心しているのである。

塚原の足を殴りつけたあとで半平が心配したことは、お供がいなくなって釆女正が牡丹屋通いを中止するのではないかと言うことだった。だが、その心配はまったくの杞憂だった。釆女正は屋敷を出た。しかも単身で柳町まで来たのである。よほど腕に自信があるのだろう。

釆女正が牡丹屋に入ってから、ざっと一刻（二時間）は経つだろうと思われた。泊るのでなければそろそろ出て来るころである。半平は丹念に指を揉んだ。釆女正が泊る場合は、それはそれで仕方ないと思っていた。またつぎの機会を狙うしかないのである。

夜は更けたが、町にはまだ活気があった。あちこちから三味線の音が洩れ、籠ったような歌声や手拍子の音もひびいて来る。多分酔客だろう、遠くで大勢の人がどっと笑う声が、波音のように聞こえる。

半平は指を揉むのをやめた。牡丹屋の入口を凝視した。頭巾で顔を包んだ武士が出て来た。着ている物、身体つきが、間違いなく釆女正だった。はなやかに装った四、五人の女たちが路上まで見送りに出ている。釆女正は鷹揚にうなずいてから、牡丹屋の前をはなれた。

半平は足音を立てずに足踏みをした。そして、牡丹屋の女たちが家の中に入るのを見とどけてから、路地から出て釆女正のあとを追った。釆女正はすぐに見つかった。だが、町は軒行燈で明るく、通りには人の姿が動いていて、中には武家の姿もまじっているので、釆女正に近づくことはやめた。

半平自身は着流しで頬かむりをし、腰には一尺八寸の脇差をさしているだけである。武家には見えず、若党か中間か、いずれにしても武家屋敷の奉公人ぐらいにしか見えないはずだった。それでも用心して、半平は遠くから釆女正の背をたしかめただけにとどめて、柳町の通りを抜けた。

距離を詰めたのは、町を二つ抜けて大堀川の河岸の道に出てからだった。少しずつ半平は釆女正の背に近づいて行った。

突然に釆女正が足をとめた。くるりと振りむくと提灯を高くかかげて半平を照らした。

「柳町からつけて来たようだが、わしに何か用か」

ひややかな声で釆女正が言った。半平は背筋につめたいものが走るのを感じた。押しかぶせるように釆女正が言った。

「塚原の足を折ったのも、その方らしいの」

半平は顔の手拭いを取った。落とさないように帯にくくりつけるのを、釆女正が見ていた。半平が言った。

「上意により、お命を頂戴つかまつります」

「小癪な」

釆女正が低く笑った。

「いずれ鮎川あたりの差し金だろうが、ん?」

ごめんと言って半平が刀を抜くと、釆女正がすばやく提灯を捨てた。いつの間にか鯉口を切っていたとみえて、一瞬のうちに刀を抜き放った。

「おい、名前を申せ」

と釆女正が言った。声が、酔いのためか濁っていた。

「名乗らぬのは無礼だぞ」

「鏑木半平、普請組です」

「よし、よし。流儀は何だ、小太刀とはめずらしいの」

「心極流」

「よし、来い」

釆女正が怒号したとき、提灯が燃えつきた。そして暗闇の中から、怪鳥が羽ばたくように釆女正が襲いかかって来た。刃唸りする太刀を、半平は体をかわして避けた。手もとに飛びこもうとしたとき、釆女正はすばやく足を引いていた。さすがに隙のない進退だった。酔っているとは見えず、釆女正は軽々と動いていた。

剣を下段に構えたまま、半平は心気を静めて闇の気配をさぐった。するとかすかに釆女正の姿が見えて来た。釆女正は上段に構えていた。間合いは、四、五間はひらいているだろう。

半平は少しずつ間合いを詰めた。斬りこむつもりはなく、敵の打ちこみをかわして斬り返すことを考えていた。間合いを詰めて行くのは誘いである。間合いが小太刀の距離に入るのを嫌って、釆女正は必ず先に斬りこんで来るだろう。

じりじりと間合いを詰めた。危険だった。釆女正も闇の中に間合いをはかっているだろう。その間合いに近づいて行くのがわかった。しかし闇の中で間合いをはかるとすれば、小太刀の方がわずかに太刀よりも有利かも知れなかった。小太刀は肉薄しなければ斬れない刀法である。狂いはそれだけ少ないだろう。

はげしい気合とともに、釆女正が踏みこんで来た。はたして釆女正の間合いで仕掛けて来たのである。半平は体をかわし、足りないところを剣をはね上げてのがれた。そのとき指に鋭い痛みが走った。斬られたのだ。

だが交錯する一瞬の隙に、半平は釆女正の内懐(うちぶところ)に入ることが出来た。鋭く肩を斬った。飛びのくと、間をおかずにふたたび釆女正の剣が襲って来た。避けるひまがなく、半平は体を沈めながら、相手の籠手(こて)を斬った。

釆女正の剣は、さっき腰にくくりつけた半平の手拭いを斬り放した。だが半平は、いまの一撃が釆女正の手首を斬ったのを感じた。半平の身体が、ついに師である亡父をしのいだところの、軽やかな動きを取りもどしていた。半平の身体は反転して、再度釆女正の懐の内側に入った。

釆女正はしりぞきながら半平の肩を打ったが、その動きは鈍く、釆女正の胸を刺して脇をすり抜けた半平の動きの方が速かった。半平のうしろに、釆女正がどっと膝をつく音がした。

采女正は声を出さなかった。

「いや、家で大工の真似ごとをしたところ、指を潰して、いや、痛いのなんの……」

痛々しく手を白い布で巻いた半平がかが泣いているが、潰れた半平の指など、誰も見むきもしなかった。普請組の詰所では、来春からはじまるいくつかの工事の見積りを、それぞれの小頭の下で作成している最中で、たまに薄笑いで半平のかが泣きに耳傾けるふりをする者がいても、半平の手の白い布と昨夜の守屋采女正の死を結びつけて考える気配はまったくない。

――ふむ。

どうやら誰も気づかぬらしい、と半平は思った。すると重い役目は終ったのである。安堵の思いが胸にひろがった。

そしてその安堵感を待ちかまえていたように、今度はべつの感想がするりと半平の胸に入りこんで来た。

「わかっておろうが、褒美はなしだぞ」

昨夜、ひそかに報告に立ち寄った半平を短い言葉でねぎらったあとで、ぬかりなくそうつけ加えた石塚十蔵のだみ声が思い出されたのである。

手柄は手柄だが、人に気づかれてはならぬ手柄だというわけだろう。強いて言えば、桶屋町の不始末を不問に付すのが褒美だという理屈である。

理屈はわかるが、鏑木半平はいまひとつ釈然としなかった。

暗殺という行為の血なまぐささを消すのは、藩のお役に立ったという意識であり、具体的には手にする褒賞である。その褒賞はなく、その上朝太の後家のやわらかい肌、武家の血なまぐささとは無縁のやさしさを秘めた肌に触れることは、もはや二度とあるまい、と考えるとうかび上がって来るのはただ働きという言葉である。

半平は、石塚にのせられて命がけのただ働きをしてしまったような気がしてならない。しかしその不満をまわりにかが泣くわけにもいかないことは、半平にもわかっていた。

日和見（ひよりみ）与次郎

一

藤江与次郎は、郡奉行下役を勤めている。仕事は郷村の見回りが多く、今日も小坂郡水無村に植付けた漆木を視察して、夕刻に城にもどった。

数日前に、領内を大風が吹き抜けた。強い雨をともなった大風は、ある村では数戸の家の屋根や壁を吹き壊して怪我人を出したほどだったので、検見を済ませたばかりの各地の代官所は、大あわてで村々の稲の被害を見て回った。そしていそがしかったのは郡奉行配下の者たちも同様で、領内の河川の見回りから、村から届けられた山林被害の確認まで、役人が手わけして走り回ることになった。

与次郎が今日水無村に行ったのも、この春に藩が奨励して村に植えさせた三千本の漆の苗木の被害状況を見るためだった。漆は水無村のうしろにそびえる鳥越山の麓に、整然と植えられている。

しかし村から届けがあったにもかかわらず、漆木が受けた風雨の被害はさほど深刻なものではなかった。たしかに、ざっと見て半分ほどの苗木が風に吹き倒されたり根こそぎ飛ばされたりしていたが、その多くは植直しが利き、風に折れて取り換えなくてはならない苗木は、せいぜい一割に満たない二百数十本だった。

与次郎と、与次郎に同行した足軽の山口源助が、あつまった村人に説明し、源助が植直しの要領や堆肥の使い方を指導した。源助は郡奉行の下で働いて四十年にもなる老人で、樹木の植付けでは、村人も一目置く老練の技術を持っていた。

与次郎は城にもどると、道具小屋に行く山口源助をねぎらって別れ、自分は郡代屋敷に入った。詰所をのぞくと、中は人影もまばらで、ひろい部屋には四、五人の男たちが机にむかっているだけだった。

しかし外歩きの人間が多い郡奉行詰所や、別棟の代官詰所はふだんは大体こんなもので、道をへだてて向い合う会所に詰める諸役、勘定組や御買物方、御蔵役などがそれぞれの詰所で一斉に机にむかっているのとは、いささか趣を異にする。

それでは風雨のときなら詰所が人で一杯になるかというと、それも逆で、そういう日は留守番一人を残して全員が外に飛び出して行ったりすることもある。晴れても降っても、郷方勤めは外に仕事が出来、のんびりと机にむかうことは少ない。そんなわけで、郷方勤めにはまず第一に身体を使うことを厭わない覚悟がもとめられる。

「お頭はまだおられるかな」

廊下に立ったまま聞くと、机の上にひろげた山絵図をにらんでいた原口という若い男が、顔を挙げて与次郎を見た。

「あ、お帰りですか。ごくろうさまでした」

原口は如才なく言い、奉行はまだご自分の部屋にいると言った。

「どなたか、お客がみえているようです」

「お客？」

与次郎は思案する顔になった。間もなく下城の時刻である。視察の結果を奉行に報告し、補充する苗木の手配を打ち合わせて、その書類をつくらなければならないが、手早く済ませたかった。

「お客は誰か、わからんか」

「さあ」

「大牧町の三浦屋だよ」

と、べつの男が答えた。与次郎と同じ下役の諏訪庄兵衛（すわしょうべえ）だった。諏訪は四十を過ぎていて、気のいい同僚である。

諏訪は与次郎の気持を読んだ口調で、さらに言った。

「密談というわけじゃあるまいし、かまわんのじゃないか」

「そうだな、じゃ、顔を出して来よう」

と与次郎は言った。

しかし諏訪の言葉にもかかわらず、郡奉行の部屋で与次郎を迎えたのは、不自然な沈黙だった。入ってよしと言ったのに、奉行の片岡孫左衛門も油商人の三浦屋喜平も当惑したように与次郎を見つめている。

与次郎は手短に、水無村の漆畑の被害状況を報告した。

「なお被害に遭った推定二百六十本の苗木は、すぐに補充した方がよいと、山口が申しております が……」

「処置は藤江にまかせる」

「苗木は深田村の作左衛門と日向村の重蔵にあるそうです。どちらにしましょうか」

「源助と相談して決めろ」

と奉行は言ったが、どことなく熱意のない言い方だった。それに気づいたように、奉行はやや口早につけ加えた。

「書類を出せば、元締の方から金は出るようにしておく。書式はわかるな」

それだけ聞けば十分だった。与次郎はそそくさと座を立って廊下に出た。長居は無用という気分になっていた。

——何だ、あれは……。

詰所にもどって、自分の机の上の墨をすりながら、与次郎はいま出て来た郡奉行の部屋を思い返していた。

答はひとつしかなかった。郡奉行と三浦屋は、何事か密談していたのである。与次郎の前にある障子は、折からの日没に灯をともしたように明るくなっているが、奥にある奉行の部屋はほの暗かった。その中で二人は、灯もともさず顔をつき合わせて何事かを小声で話し合っていたのである。人目を憚る密談としか考えられない。

ただし、中身が何かはわからなかった。考えたところでわかるはずがない、と与次郎は思ったが、しかし心あたりがないわけでもなかった。近ごろ藩内でしきりにささやかれている言葉がある。御改革ということである。主として藩が財政的に行きづまったときに出て来るその言葉を、人々が顔を合わせればひそひそとささやき合う。

うわさによれば、ここ数年深刻さを加えるばかりの財政行きづまりに対処する改革案は、二派から提出されて、それぞれに藩主の手もとにとどいているとも言う。改革であるから、違う意見を言う相手を否定する語気はどうしても鋭くなり、言葉に煽られて二派の対立もおのずから深刻化して来ていた。人々が大きな声を出さないのはそのためだった。

奉行部屋の小声には、郡奉行と城下の富商という取り合わせの奇妙さにもかかわらず、やはり御改革につながりのある密談ではないかと思わせる雰囲気があった。その種の人のつながりがないとは言えない。藩政改革は規模の大小はともかく、最後にはかならず政変という形に行きついて、そのころには多額の金が動くのである。当然そこには三浦屋が暗躍する余地というものもあるに違いなく、御改革という言葉をそこにあてはめれば、郡奉行と三浦屋の顔合わせも、ちっともめずらしいことではない。

――そういうことなら……。

考えるのはやめよう、と与次郎は思った。

いまから十二年前。与次郎が十六のときに、藤江家は藩の派閥抗争に巻きこまれて、一度痛い目にあっている。父親が属した派閥が潰れたために、家禄を半分も減らされた上に、勤

め も代々の勘定組から郷方勤めに変えられたのである。

そのときの政変では、減石どころか、お取潰しに遭って家屋敷を取り上げられた家が多数あったし、二名の死者まで出たので、不満は言えないようなものだが、父親の半左衛門はそれからにわかに病気がちになり、二年後に死んだ。処分で気落ちしたことはあきらかだった。死ぬ間ぎわに、半左衛門は与次郎を見て何事かを必死に言い残そうとしたが、声が出ぬままに息絶えた。

「何をおっしゃろうとしたのでしょうか」

与次郎が聞くと、母親は涙をぬぐっていた手をとめて首をかしげ、それから言った。

「お偉方の争いには加わるなということでしょうよ」

そう言った母親も、それから五年後に病死した。もともとが虚弱なたちだった母親には、勤め変えによる家移り、家計の窮迫、連れ合いの病死といった一連の環境の激変が、それぞれにそのつどに重い打撃をあたえることになったのではないかと思われた。

そのときの派閥争いでも、たしか御改革という大義名分が持ち出されたはずである。父親の命を奪ってまで強行された改革がはたして成功したのかどうかは、それから数年を経ずして、またぞろ御改革の声が出て来たことで答が出ているとも言えるだろう。

御改革がそういうものなら、二度とかかわり合いたいとは思わなかった。与次郎は紙をのべて、元締役所に提出する書類をしたためはじめた。

二

書類の処理を終り、日誌もつけ終って外に出ると、三ノ丸には日没後の奇妙にあかるい光があふれていた。日は落ちたものの、その余光は城の真上にひろがっている、さざ波のように細かな雲にとどまっていて、光は蜜柑いろに染まったその雲から地上に落ちて来ているのだった。

そのために三ノ丸の建物も、人気のない広場の真中あたりもうすい光をまとっていたが、広場の隅や建物の陰には疑いもないたそがれのうす闇が動いていて、もう少したてば三ノ丸にあふれる光は掻き消えて、城内は闇につつまれることがあきらかだった。

下城の時刻はとっくに過ぎて、広場にも、建物と建物の間の広い道にも人の姿は見えなかったが、わずかに下城口の正門の手前に、二、三人の人影が動いていた。与次郎同様、かかえる仕事の始末に手間どって、下城が遅れた男たちかと思われた。

ところがその人影は、与次郎が門を出て、城の直前を横切る川にかかる橋をわたると、まだ橋の近くをぶらついていた。何という足ののろい男たちだ、と思うより先に、与次郎はどこかで自分を見かけたその男たちが、足を遅らせて自分が追いつくのを待っていたのだと覚った。

男たちは二人で、一人は与次郎が知っている人間だったからである。城下も北はずれに近い五軒町に、矢崎という直心流の道場がある。男はそこで一緒だった三宅俊六だった。その三宅が振りむいた。

「まっすぐ、家に帰るのか」

「ああ、そうだ」

二人が足をとめたので、仕方なく与次郎は追いついて一緒になった。

「途中でどこかに寄るのは好かん」

与次郎がそう言うと、三宅ともう一人の男はすばやく前後に眼を配った。そして歩き出した。方角は与次郎の家がある方である。

また三宅が言った。

「近ごろ、道場には顔を出しておらんそうだな」

「ひまがないものでな」

言ってから、与次郎はちょっぴり皮肉をつけ加えた。

「なにしろ山回りだからな。おぬしのように机に坐って、太鼓が鳴れば下城出来る人間とはちがう」

「しかし、非番というものがあるだろう」

三宅は与次郎の皮肉には気づかないのか、それとも気づかないふりをしたのか、まともに応じた。

「たまには顔を出すようにと、師範が言っていたぞ。顔を出して、若い者を仕込んでくれという意味だ」

与次郎はにが笑いした。二十を過ぎたころ、与次郎はそれまでの稽古がいっぺんに花がひらいたように、あたるところ敵なしという有様になったことがある。

そのころの矢崎道場の師範代は、いま御書院目付を勤めている兼松重助だったが、与次郎はしばしば兼松を打ち込んで渋面をつくらせたし、ほかの道場との稽古試合でも負けたことがなかった。三宅も師範の矢崎佐次右衛門も、そのころの与次郎のことを念頭においているのだろうが、いまのおれは違うと与次郎は思った。

あれから数年、大過なく城勤めをこなすのが精一杯で、道場とはぷっつり縁が切れた。腕もすっかり落ちてしまったろうと思ったのである。むかしのようなぐあいには行かないさ、と思ったが、与次郎は口には出さなかった。三宅も、もう一人のもっと齢上の男も、べつに道場の話がしたいわけではなく、ほかに用があって待っていたことがあきらかだったからである。

はたして、三宅俊六が切り出した。

「少し話したいことがある」

「……」

「今夜ちょっとつき合わんか。そう長く手間はとらせぬ」

「何の話だ」

与次郎が言うと、三宅はちらともう一人の男を振り返って、目まぜをした。そして口調を改めた。

「引き合わせよう。御使番の丹羽司どのだ。面識があったかな」

「いや」

与次郎は身をひくようにして丹羽を振りむき、丁重に会釈をした。

御使番は三百石以上の上士の職で、登城にはお供がつく。その上士が単身で、近習組勤めの三宅と歩いているのにもおどろいたが、丹羽と聞いてぴんと来たことがあった。

──丹羽一族に違いない。

と与次郎は思った。丹羽一族はその中からたびたび藩の執政を出している名門で、現に中老の丹羽弓之丞は丹羽宗家の当主だった。そして今度の一方の改革案は、ほかならぬ丹羽中老の手から提出されている、という程度のことは与次郎も知っていた。

与次郎には、三宅が何を言おうとしているかがわかった。彼らに見つかって、一緒に歩く羽目になったことを呪ったが、ひょっとしたらいまそばにいる二人は、はじめから与次郎を狙って待ち伏せていたのだとも考えられる。もしそうなら、ささやかれている二派の人あつめも最終の段階にさしかかったということかも知れなかった。

どこかで、うまく口実をつくって逃げなくてはと思ったとき、三宅がまるで与次郎のその気持を読んだように、せきこむ口調で言った。

「今夜、同心町の寺田どのの屋敷で寄り合いがある」

三宅は一気に言ってから、また前後にすばやく眼を配った。河岸通りの道には濃い夕闇がひろがっているばかりで、人の姿は見えなかった。三宅はそれでも声をひそめた。

「一緒に寄り合いに出ぬか。いや、じつを言うとある人に、ぜひともおぬしを引っぱって来いと言われたのだ」

「今夜はぐあいがわるいな」

与次郎はそっけなく言った。

「客が来ることになっておる」

「見え透いた逃げ口上はいかんな」

苦笑したとわかる声で、三宅が言った。しかしその声にはまだ余裕がある。三宅は与次郎よりひとつ齢上だった。

「畑中派から誘いがあったのか」

「いや、そういうわけじゃない」

と与次郎は言った。畑中派というのが丹羽弓之丞と対立する派閥だった。担がれて中心にいるのは家老の畑中喜兵衛だが、家老には一派を率いる器量はなくて、実質的な采配を振っているのは組頭の淵上多聞だとも言われている。

「丹羽派も畑中派もおれにはかかわりがない。性分で、徒党を組むのは好かぬ」

「みんなにそう言って、日和見与次郎などと言われているらしいが……」

三宅は、口吻にわずかに威嚇する気配をつけ加えた。

「いまに、それでは通らなくなるぞ」

「……」

「打ち明けた話をしよう」

三宅の声は、またやわらかくなった。

「むこうはしきりに、村瀬で遣い手だった男たちをあつめている。野口甚平、峡田光之進、石塚半十郎という名前には、思いあたるところがあるだろう」

「まあな」

「村瀬の俊才で、おぬしとはしのぎを削った連中だ」

三宅俊六は焚きつけるように言った。村瀬というのは、藩の元剣術指南役だった村瀬弥市郎が市中にひらいた一刀流の道場で、いまも家中の子弟にもっとも人気がある道場である。

「意図はわからんが、むこうはいつの間にか彼らを取りこんでしまった。捨てておけんだろうということで、こっちもおぬしを味方につけることにしたのだ」

「そりゃ、少し買いかぶりだろう」

三宅は立ちどまった。与次郎を見ると、少し怒気をふくんだ声で言った。

「どういう意味だ」

「近ごろは木刀をにぎったこともない。ま、お役には立てんだろうということだよ」

「あくまで逃げるつもりだな」

三宅が言ったとき、それまで黙っていた丹羽司がはじめて口をはさんだ。

「今日のところはこれぐらいでよかろう」

そう言った声は、御使番にふさわしく穏やかで深みのあるものだった。

「藤江も考えてみてくれ。まだ余裕はある」

「失礼しました」

与次郎が言うと、二人はうなずき合って、濃くなって来た夕闇の中を、足早に引き返して行った。解放されて、与次郎は吐息をついた。

——双方ともに……。

かなり競(せ)り合って来ているらしいな、と与次郎は思った。派閥に与(くみ)する者は、主義主張もさることながら、直接には属する派閥が首尾よく勝利をおさめたときの分け前、立身出世を夢みて動くのである。その意味では、政争というものもいくさに似ているだろう。

そしていくさ同様に、派閥の勝敗は予断をゆるさないので、人は属する派閥に賭(か)けて、必死に働かざるを得ない。丹羽派も畑中派もその段階に入ったようだが、おれは勘弁してもらおうと与次郎は思った。

ま、たとえば派閥に加わらないために損をするようなことがあっても、家を潰さない程度に家名を維持出来れば上等ではないかと、いくぶん無気力なことを思うのは、尊敬に値するりっぱな男だった父親が、処分後の日々はにわかに老(ふ)けて、生きる張りあいを失ったように憔悴(しょうすい)したのを見たことと無縁ではないだろう。生ける屍(しかばね)だった。あんなふうにはなりたくないものだと、与次郎は思う。しかし与次郎の妻もそう思っているかどうかは疑問だった。

与次郎と妻の瑞江は、まだ肩上げも下りないうちに、双方の親が決めた許婚だったが、百石の勘定組勤めが五十石の郷方役人に変ったとき、与次郎の父親は瑞江の父に会って、婚約の解消を申し入れた。

周囲はみな、ということは瑞江の父親をのぞく家族、親戚すべてということだが、みな与次郎の父親の申し入れに賛成したにもかかわらず、ただ一人瑞江の父だけは、頑として受けつけなかった。

その結果、瑞江は約束どおり十八のときに嫁入って来て、やがて子も一人生まれたが、どことなく心たのしまない様子が見えた。そして、その心たのしまない様子なるものは、いまもつづいているのだった。

瑞江にすれば、百石の御城勤めに嫁ぐつもりが、相手が急に家禄半減の村回りに変ったことに、文句のひとつも言いたい気持があったかも知れない。かりにそれが娘らしい見栄としても実際に藩から頂くものは少なく、住居も郷方役人のための組長屋である。百五十石を頂く瑞江の実家からみれば、想像を越えるつましい暮らしに直面したことになるだろう。

しかし瑞江は堅実な娘だったので、新しい暮らしにも落ちついて対処したようだった。金銭のやりくりをおぼえ、巧みに家事を切り回した。漬け物も縫物も上手で、家計がくるしいと訴えることもなく、実家に行って暮らしの愚痴をこぼしているようにも見えなかった。では、貧乏暮らしにも馴れて、妻はいまや日々をたのしく過ごしているかといえば、そうではあるまいと与次郎は思っている。

子供のころから、瑞江はごく気性のあかるい娘だった。育ちのよさから来るその陽性な人柄は、人の気持まであかるくするようなものだったのだが、嫁入って来ると、瑞江からそのあかるさが消えた。瑞江は無口で、めったに笑顔をみせない女になった。

そういう瑞江を、もはや娘ではなく人妻になったのだとみることが出来ないわけでもなかろうが、夫である与次郎は違うと思っていた。瑞江は胸の中に、いまの境遇に対する根強い不満を隠しているに違いない。そうでなければどうして、いまのように毎日の会話も不足がちな、陰気で打ち解けない夫婦が出来上がることがあろうかと与次郎は思うのだが、妻の不満は、与次郎にはどうしようもないものでもあった。

「夕方に、杉浦さまの奥さまがみえられました」

気づまりな沈黙のうちに与次郎の夜食が終ったあとで、お茶の支度をしながらふと思い出したように瑞江が言った。

杉浦の奥さまというのは、与次郎の母方の従姉織尾のことである。めずらしいな、と与次郎は言った。

「何か用だったのか」

「お寺の帰り道に、ふと寄ったと申されまして。おまえさまが留守ならよいと、用件は言われませんでした」

「はて、何だろうな」

と与次郎は言った。織尾とは三年ほど前に、親族の法事で会ったきりである。いまごろ急に、何の用かと気になった。

「いそぎの用らしかったか」

「さあ」

今度は瑞江が首をかしげた。もっとも瑞江は、織尾の突然の訪れをさほど重要とは考えていない顔色だった。

「何か、お頼みごとがあるようなことも言っておられましたけれども、いそぐとも何とも……」

「あれかな」

与次郎は、半分ひとりごとで言った。織尾の夫の杉浦作摩(さくま)は、若くして用人を勤め、いまは番頭(ばんがしら)を勤めている器量人である。家禄(かろく)も織尾が嫁入ったころの二百石から、数度加増されていまは三百五十石、若手の出世頭とみられている人物だった。おそらく今度の藩政改革でも、どちらかの派に属して中心的な役割を演じているに違いない。

派閥に加われという勧誘かも知れんな、と思ったとき、与次郎の関心はうつくしい従姉から急に離れた。

三

それから半月ほどして、与次郎は寺町で従姉の織尾にばったりと顔を合わせた。

「おや、与次郎どの」

と織尾は言った。織尾は与次郎より三つ齢上で、はや三十を越えたが、天性の美貌はますます磨きがかかって、その上胸も腰もずしりと稔り、﨟たけたという形容がふさわしい婦人になっていた。

「今日は非番ですか」

「そうです」

「それはなに?」

織尾は与次郎が腰に下げている網をのぞいたが、中に詰まっているのが鶸、百舌、雀など、要するに小鳥の死骸だとわかると、まあと言って一歩後にさがった。

そして改めて与次郎が持っている黐竿を見た。

「鳥刺しですか」

「さよう」

「でも、お寺さまの前をそんな血臭い物を提げて通るものじゃありませんよ」

「血は出ていないはずですが……」

従姉の説教がましい口調に抗議するように、与次郎は網を持ち上げたが、すぐに中に小柄で仕とめた山鳥が一羽入っているのを思い出した。

「ああ、山鳥ですな」

と与次郎は言った。

「藪の中を走っているのを見つけて仕とめたのです。そうだ、これお持ちになりますか。うまいと思いますよ」

「いらない、いらない」

織尾は手を振った。その怖気をふるったという様子をみて、お供の小女がこらえかねたように白い歯をみせて笑った。

「そうですか。羽根をむしって煮るとうまいのになあ」

「いりません」

「じゃ、家で喰うか」

与次郎は網を腰にもどした。

「今日はお寺詣りですか」

「いいえ、法事の相談に来たのですよ」

「そう言えば、この間家に寄ってくれたそうですけれども、何か用があったんじゃありませんか」

「その用は済みました」

と織尾は言った。しかしそこでふと思いついたように、織尾は供の小女に、このひとに内密の話があるから少し離れていなさいと言った。

言われたとおりに、小女が十歩ほど先に行くのを見届けてから、織尾は近々と与次郎に身を寄せた。そして声をひそめた。

「杉浦が江戸に行ったのですよ。殿さまのお呼びで」

「へえ、いつ？」

と言ったが、与次郎は秘密めかしたその言葉よりも、従姉の身体から寄せて来る甘い体臭に気持を奪われていた。

与次郎はむかし、この従姉に付け文をしたことがある。織尾の縁談が決まったと聞いたころで、美貌の従姉にずっと気持を惹かれていた与次郎は、別離のかなしみに堪え切れずに、それまでの思慕の情を綿々と書きつらねて、従姉に渡したのである。

しかし家にもどって自分がしたことを振り返ったとき、与次郎は青くなった。目がさめたように、自分のしたことの愚劣さが見えて来たのである。男子にあるまじきことをしてしまったと思うと、身体からしぼり出されるようにつめたい汗が流れた。手紙を読んだ織尾は多分腹を抱えて笑い、ふやけた恋文を書いたおれを軽蔑しているに違いない。そう思うと、さっきまで氷のようにつめたかった身体が、今度は恥辱感でかっかと熱くなった。

それだけならまだいい。ひょっとして従姉は、あの手紙を大喜びで人に見せたりはしないだろうかと、考えは最悪の場面にまで行きついてしまう。みてみて、与次郎のこの手紙。闊達な気性の従姉が、そう言って家の中の誰かれなしに恋文を見せ歩いている光景を想像すると、与次郎は恥ずかしさで死にたくなった。実際に少し吐気がして、気持が悪くなったほどである。

二、三日悶々とした後で、与次郎は手紙を取り返しに従姉の家に行った。すると従姉は、万事心得たという顔つきで、与次郎を庭に連れ出した。
「与次郎どの、あなたいくつになりましたか」

「十五です」

「十五」

従姉は改めて吟味するという目つきで、与次郎をじろじろと見た。いまは与次郎の方がずっと背が高くなったが、そのころは従姉の織尾の方が背丈は上だった。

織尾は訓戒する口調で言った。

「十五で、女子に付け文するなどということは、感心しませんね」

「はい」

「男の子には、ほかにやるべきことがあるでしょ。学問、剣の修行……」

「そうです」

「どうやらそれに気づいて、手紙を取り返しに来たようね」

織尾はそう言うと、つと身体を寄せて、手妻のように袂から取り出した手紙を与次郎に渡した。そして声をひそめた。

「見たのはわたくし一人。ほかは誰も気づいていませんからね、安心しなさい」

与次郎はうなずいた。安心すると同時に従姉の身体から寄せて来る甘い香りに気づき、物がなしい気分でその匂いを嗅いだ。

　すると織尾は、まるで与次郎のその気持を見透したように、さらに身を寄せて来た。そして与次郎の手を取ると、ひたひたと手の甲を打った。

「このことは二人だけの秘密。誰にも言ってはいけません」

「……」

「でも、手紙はよく書けてましたよ。わたしの旦那さまが決まったあとでは、残念ながら手遅れでしたけどね」

　そう言うと織尾は、自分の軽口が気に入ったらしくてぷっと吹き出した。ころころとひびく、たのしげなその笑い声を聞きながら、与次郎は織尾を十歳も齢上の大人のように感じていた。

　以来与次郎は、この従姉には頭が上がらなくなったのである。

「え、何ですか」

　と与次郎は言った。

　古い思い出に気を取られて、つい上の空で聞いてしまったが、織尾はいま聞き捨てならないことを言ったようである。

「おびえていたって、誰がですか」

「杉浦ですよ。おびえていたとは言いませんよ。そんな気がしたと言ったのです。あなた、ひとの言うことをちゃんと聞きなさいよ」

「すみません」

与次郎はあやまった。そして怒られないように慎重にたしかめた。

「すると番頭は、旅立つ前に何かにおびえていたように見えたと言うことですか」

「そう」

「ふーん、身の危険を感じるようなことが何かあったのかな」

与次郎は言い、念のため聞いてみた。

「殿のご用が何か、番頭は言っていませんでしたか」

「御改革の案というのが二つ、殿さまのお手もとにとどいているそうですね。知っていますか」

「ええ、知っています」

「杉浦はその案について、意見を述べに行ったのですよ。江戸に来て、双方の案を勘案して意見を述べろと、そういうご命令でした」

与次郎はぞっとした。

「そのことを、ほかに知っているひとがいますか」

「そうねえ」

織尾は優雅に首をかしげた。

「ご命令は直接にとどいて、家では一切秘密にしましたけれども、江戸の方はどうだったかしら。もし洩(も)れれば、すぐにこちらにも知らせが来たでしょうね」

「いま、藩内が二つに割れていることはお聞きでしょうな」

「知っていますよ。畑中さまと丹羽さまの組でしょ」

「そうです。番頭はそのどっちかに加担していましたか」

「いいえ」

織尾は首を振った。

「殿さまからお呼び出しが来たのは、杉浦がどちらにも加担していない、公平な立場だとご存じだからですよ」

「なるほど、そうですか」

すると杉浦作摩は、殿からの呼び出しがかかったとたんに、畑中、丹羽の両派から注目される立場に立ったのだと思った。相談相手として、殿が杉浦を江戸に呼ぶといったたぐいの秘密が、秘密のままで保たれることはまずない。

それはどこからか洩れて、織尾の言ったように両派の耳にとどいたはずである。とすれば両派ともに、それぞれの改革案採用を有利にするために、杉浦作摩を抱きこむにしかずとは考えなかったろうか。そしてその考えと、もし肯んじなければ斬って捨てるまでという考えは表裏一体のものである。

織尾の夫のおびえは、当然のものだったと与次郎は思った。両派の男たちは、出国する杉浦作摩に途中で接触しなかったろうか。

「なるほど、それでどうしました」

「それで、与次郎どの、あなたのところに頼みに行ったのですよ。せめて関所まで杉浦を見送ってもらおうかと思いましてね。でも、留守でした」

「そんなこととは知らなかったもので」

　と与次郎は言った。

「かさねて使いをくれればよかったんだ。そうすれば護衛を兼ねて見送って行ったのに」

「でも、大丈夫でしょ」

　織尾はのんびりした口調で言った。

「変事があれば、いまごろはとっくに知らせが来ていますよ」

「帰りがあぶない」

　と与次郎は言った。

「作摩どののご意見がどうだったなどということが江戸から洩れて来たら、とても無事には済みませんぞ」

「帰りは連れがあるから心配いらぬとおっしゃっていましたよ」

　と織尾が言った。

四

　八ツ（午後二時）過ぎから降り出した雨は、夕方になってもやまなかった。しかし雨脚が強まるということもなく、詰所の障子をあけると、降り出したときと同じ霧のような雨が城内の樹木や建物を濡らしているのが見えた。

——早くもどってよかった。

と与次郎は思った。

与次郎は今朝、早起きして水無村に行った。大風で折れた漆木の植直しに立ち会うためだったが、作業は昼前に無事終った。そのあと係りの村役人の家に寄って、これだけは役得で昼飯を馳走になったが、そのうちに空模様があやしくなって来たので、帰りに隣村の杉林を見回るつもりだったのを中止して城にもどったのである。

与次郎のように、空模様をみて外仕事を早仕舞した者がほかにもいるとみえて、詰所はいつもより人が多かった。そういう人々は所在なげに机の前に坐り、下城の太鼓が鳴るとすぐに、声をかけ合って帰り支度をはじめた。

与次郎も机の上を片づけて、詰所を出た。外ははやくもうす闇が立ちこめていて、冷気が肌を刺して来た。冬がつい隣まで来ていることを思い出させるような、寒ざむとした日暮れだった。

用意よく傘をさして行く者、濡れて帰る者、どこからさがし出したか、菅笠を頭にのせて行く者、相合傘で帰る者。与次郎は郡代屋敷の庇の下から、しばらく前の道を通る下城の男たちを眺めたが、すぐにあきらめて男たちの流れに加わった。

いつまで眺めていても、傘に入れなどと言う者は出て来そうもなかったからである。ふわふわとただようような細かな雨だったが、それでも歩き出すとじきに、着物がしっとりと濡れて来た。

——せっかく……。

雨を避けて早目に仕事を切り上げたのにな、と思った。せめて、門を出たら頬かぶりでもして走るか。そう思って懐をさぐったとき、横から声をかけて来た者がいる。

「傘に入らぬか、藤江」

その声に聞きおぼえがあった。振りむくと、はたして御使番の丹羽司である。

与次郎はあわてて辞退した。こんな肩の凝るような相手とひとつ傘で帰るくらいなら、濡れて帰る方がまだましだった。それにひろく顔が知れている丹羽と相合傘で帰ったりすれば、たちまちに、藤江もついに丹羽派に入ったらしいとうわさされるのは目に見えている。

「どうぞ、お気遣いなく。お先に行ってください」

「遠慮はいらんぞ」

丹羽は、御使番はやはりかくありたいと思わせるような、品のいい深みのある声で言った。

与次郎に敬遠されているとは夢にも思わないらしい。

「なに、家まで送ろうというわけじゃない。佐竹町の角まで参るゆえ、そこまで入れて行こう。あそこまで行けば、あとはひとっ走りだろう」

「はあ」

「それに、ちと話もある」

そう言われては、それでもどうぞお先にとも言いかねた。与次郎は礼を言って、丹羽がさしかける傘に入った。

丹羽司の着ている物から、何かしら高尚な感じの香りが寄せて来る。与次郎はたちまち肩が凝って来たが、丹羽はいっこうに無頓着な声で言った。

「三宅俊六が怪我をしたことは聞いたかな」

「いえ、ぜんぜん……」

与次郎は丹羽の顔を見た。

「いつですか」

「三日前だ。むこうとちょっとした衝突があったのだ」

「斬り合いですか」

「ま、そうだ。三宅のほかに、もう二人が怪我した。お互いに相手の動きをさぐるのに必死だからの。ちょっとしたきっかけがあれば、斬り合いになる」

「俊六は深傷ですか」

「いや、それほどでもない。なおり切るには二、三カ月かかるという話だが……」

丹羽がそう言ったとき、二人の横を短軀、肥満の男が追い抜いて行った。速い足どりである。

「郡奉行だ」

夕闇が濃くなっているのに、丹羽は与次郎の上司を的確に見わけたらしい。声を落として言った。

「片岡はむこう側だ。ああいそぐところをみると、今夜も会合だな」

「はあ」

「畑中派に入れと誘いはないか」

「いいえ」

「ふむ」

丹羽は考えこむように沈黙したが、すぐにつづけた。

「片岡はなかなかのやり手でな。いまに誘って来るだろうから、気をつけることだ」

与次郎は返事をしなかった。すると、丹羽は、そうそうと言った。

「そなたは、番頭の杉浦どのと縁つづきだそうだな」

「母方の従姉(いとこ)が嫁入っています」

「その杉浦どのが、もう一度江戸に行く話は聞いているか」

言ってから、丹羽は鋭い身ごなしで背後をたしかめた。あるいは話というのは、こちらが本題なのかも知れない。

与次郎はそのことを聞いていなかった。

「え？　またですか」

「今度の出府は、年を越して春先になる」

丹羽は事の内幕に通じている人間にありがちな、むしろ控え目な口調で言った。

「殿は来春のご帰国までには、提出されている改革案の可否、採択に目処をつけ、ご自分の意見もつけ加えて決定したいご意向らしい。そこでこの前杉浦どのを江戸に呼ばれたのだ」

藩主に呼びあつめられて、そのとき改革案の吟味に加わったのは番頭の杉浦作摩、江戸屋敷にいる側用人の牧参左衛門、御小姓頭の仁科権四郎の三人。いずれもいまの藩主がまだ世子と呼ばれていたころから身近に仕えて来た、側近中の側近だと丹羽は言った。

「案の採択は、ほぼ目処がついたとも言うのだが、そこで三人のうちの一人から慎重論が出たらしい。事は藩の将来を左右する重大事だから、この結果を国元に持ち帰って、藩の長老たちの意見をひとわたり聞いてはどうかということだったようだ」

「……」

「その意見を聞いてのち、最終の決定をくだそうというわけだが、この役目はむろん帰国する杉浦どのにゆだねられた。あのおひとはこれから、極秘のうちに長老たちをたずねて、その意見を持って再度江戸に行かれるはずだ」

「しかし、少々慎重に過ぎませんか」

と与次郎は言った。

「殿のご採択がどうあろうと、それに異議を申し立てる者はいないと思いますが……」

「ところがなかなか、そうでもない」

と丹羽が言った。

「殿は知られるとおり英邁の質であられるが、なにせお若い。つまり先の殿のような貫禄はまだ持ち合わせぬ。そこで案を採択されなかった側が面従腹背、新しい改革案にしたがわぬということも考えられる」

「……」

「そうなると改革というものも遅々としてすすまぬということになりかねんだろうな。むろん、わが派のことではない。わが派はそのような姑息なことはせぬが、そういうことも考えられるゆえ、長老たちの意見を加えて採択に藩一致の重味を加えようというわけだろう。杉浦どののお役目は重要だ」

そう言って、丹羽司は立ちどまった。あたりは丹羽の顔も見えないほど暗くなっていたが、そこが佐竹町の角だということは与次郎にもわかった。

立ちどまったまま、丹羽がさらに言った。

「重要だが、きわめて危険なお役目でもある」

「そのように思われます」

と与次郎も言った。

織尾の夫杉浦作摩は、改革案の採択について江戸にいる藩主がどのような意見を持っているかを知る、国元ではただ一人の人間である。加えて今度は国元の長老たち、すなわち藩主家の一門、旧執政といった人々が、二つの改革案についてどのような態度を示すかを最初に知ることになる人間でもある。

もし作摩の手もとに、自分の派の案に対する否定的な意見があつまりつつある、というようなことがその派に洩れたりすれば、中には暴発して作摩に危害を加える者も出て来よう。丹羽はそう言っているのだと思った。

そしてそう言うからには、丹羽は入手した極秘の通報から、改革案の採択が、これまでのところは丹羽派に有利にすすんでいることを突きとめているに違いなかった。

そういう口ぶりだなと思いながら、与次郎は言った。

「杉浦の方は、それとなく見回るようにしましょう」

「それがよろしい。杉浦どのは、このあと藩にとって大事なおひとになるはずだ」

傘に入れてもらった礼を言うと、丹羽は礼にはおよばないと言ったが、ふと思い出したようにもう一度傘をさしかけて来た。

「ところで、例のわが派に加わるという一件だが、その後考えてみたかの」

「いや、それがまだ考慮中でして」

言うやいなや、与次郎は傘からとび出して走った。

五

丹羽司が傘の中で言ったことが気になって、与次郎は一度杉浦家をたずねて、作摩か従姉に警告しなければなるまいと思いながら、その後泊りこみの山林視察があったり、帰って来ると今度は事務処理に忙殺されて夜おそくまで下城出来なかったりで、結局杉浦家にむかったのは丹羽に会ってから半月ほども後のことになった。

家を出たのは六ツ半（午後七時）ごろだったろう。半月ほどの間に、季節は急に冬めいて来て、朝夕は寒さが身に沁みるようになった。その夜、与次郎は片手を懐に、片手に提灯をさげて、寒さをこらえながら暗い町を歩いて行った。

杉浦の家は内匠町にあり、その武家町は与次郎の家から四半刻（三十分）も北に行ったところにある。

——見回るといっても……。

簡単なことではないな、と思いながら、与次郎は背をまるめて歩いて行った。そして背をまるめ、はなみずをすすりながら歩いている自分を、とても危険にそなえる見回り役という柄ではないようだと思ったりした。

しかしそのいい加減な気分は、内匠町に入り、杉浦の家が見えるところまで来たときに、一度に吹きとんだ。提灯の光で、門前のあたりに黒々と立つ数人の男が見えたのである。与次郎が立ちどまると、その中の一人が近づいて来た。大柄な男で、怪しからぬことに顔を布で隠している。

「どちらへ参られる」

と男が言った。男は行手をふさぐように、前に立っている。

「杉浦の家だが……」

「こんなにおそくにか」

「まだおそいわけじゃない。五ツ（午後八時）にもならんだろうが……」

与次郎は腹が立って来た。しかし腹のもっと底に、かすかな恐怖も動いていた。この男たちは何者だろう。杉浦に心配した変事が起きたのか。

与次郎は聞いた。

「貴公ら、何者だ」

「杉浦家に、何の用があって行かれる」

男は与次郎の質問をまったく無視して、そう言った。言葉は丁寧だが、この先からは一歩も通さないといった無気味な意志のようなものが、男から伝わって来る。

「杉浦は親戚だ。親戚の家をたずねるのに、用を言わなきゃならんのか」

「おい、藤江だぜ」

背後にいる男たちの中で、誰かがそう言ったのがきこえた。日和見与次郎か、べつのもう一人がそう言い、背後の男たちは声を殺してくすくす笑った。

「申しわけないが……」

与次郎の前にいる男は、やはりやわらかい口調で言った。

「今夜はこのまま帰って、明日にでも出直してもらえまいか」

「何のために？」

与次郎は言った。

「貴公にそんな指図を受けるいわれはないな」

通してもらおうか、と言って与次郎は前に出た。すると男はすばやく手を出して、大きな手のひらで与次郎の胸を押し返した。男の手には、やわらかいが断固とした力が籠っていて、刀でも抜かなければ前にすすめそうもなかった。

しかし、まさか刀を抜く気分ではなかった。第一、まだ男たちの正体がわからない。与次郎は言った。

「どういうつもりだ」

「打ち明けた話をしよう」

男は急にくだけた口調になった。

「今夜、われわれが供をして来たお方が、いま杉浦さまと談合しておる。そこをじゃまされたくない」

「なるほど」

とっさに与次郎の頭にうかんで来たのは、淵上多聞の名前だった。作摩をたずねて来ているのは、畑中派の事実上の盟主だとささやかれている淵上ではあるまいか。あるいは丹羽弓之丞か。

「しかし、こっちはべつにじゃまするつもりはないが」

「いや、ついでに言えば、そのお方の名前も知られたくないということです。むろん、明日になって、杉浦さまから聞かれるのはさしつかえない」

ふむ、口止めには自信があるらしいな、と与次郎は思った。その陰湿なやり方は、やはり淵上のものだった。丹羽弓之丞はもっとからっとしている。

かつて日が射したことがない万年組頭の家系の主である淵上は、若いころから執政の座に加わることに執念をもやしていて、今度の改革案に最後ののぞみをかけている。採用になれば、中老就任は間違いないと踏んでいるのだ。そのために淵上は、町人から莫大な借金までして、派閥維持に金を使っているらしい。

しかし淵上は、その一方で万一の敗北を恐れて表面には畑中を立て、自分は一切表に顔を出していない。言うまでもなく、たとえ丹羽派に負けた場合も、家名を傷つけないための遠謀だ、といったたぐいのうわさ話は与次郎の耳にも少しずつ入っている。その策謀家の淵上が、織尾の夫に何を談合しに来たのかと与次郎は胸がさわいだ。

しかし与次郎は穏やかに言った。

「どうも今夜は、このまま帰った方がよさそうだな」

「その方が利口だ」

と相手の大きな男が言った。

「ひとつたしかめておきたい」

「何だな」

「貴公ら、まさか杉浦に変な手出しはせんだろうな」

「そんなことはしない。われわれは、そういう命令は受けておらぬ」

「あとで変なことになったときは、ただでは済まさんぞ。なに、中にいるのが誰かは、およその見当はついているんだ」

言って与次郎は背をむけた。追って来るかと思ったが、誰も追っては来なかった。

家にもどると、めずらしく客が来ていた。履物(はきもの)は男である。上にあがろうとした与次郎は、妻の声を聞いて足を土間にもどした。

「でも、また怪我人が出たそうじゃありませんか」

と妻が言っている。

「いくら畑中さまの組が優勢でも、与次郎どのをそういう危険なあつまりに誘うのはやめて頂きます」

「しかし、危険を恐れては出世は出来んぞ」

と言った声は、義兄の内藤勝之助だった。勝之助は瑞江の長兄で、妻の実家内藤家の当主である。

「すすめてみろ。与次郎どのが派閥に乗気でないのは、そなたのせいでもあるぞ。わしの目から見ると、そなたも亭主どのも、引っこみ思案が過ぎる。藩が二分しようという勢いのときに、夫婦そろってこれでは時流に遅れるというものだ」

「……」

「いつまでもこんな長屋に住んで、外回りの小役人では仕方あるまい」

義兄は遠慮のないことを言っていた。

「この家をもとの百石にもどす、いまがいい機会だと言ってやれ。まだ、おそくはない。わしが口を利けば、畑中派では喜んでむかえるはずだ」

「せっかくですが、おことわりします」

瑞江がきっぱりと言った。

「そりゃ兄さまから見れば、見るにしのびない粗末な暮らしかも知れませんけれども、近ごろはもう馴れました。いまの穏やかな暮らしがつづけば、出世などしなくともようございますよ」

「そなたもかわいそうな女子だ」

と義兄が言っている。

「どうやら、貧乏暮らしが身についてしまったらしいな」

与次郎は咳ばらいをした。わざと音立てて戸を閉めた。

茶の間に入ると、義兄が間のわるいような顔で与次郎をむかえた。それでも義兄は与次郎に畑中派に入るつもりはないかとすすめたが、あまり脈はないと見きわめていたのか勧誘はおざなりで、四半刻ほど雑談して帰って行った。

与次郎は妻に熱い茶をくれ、と言った。

「話を聞いてしまったぞ」

与次郎が言うと、瑞江はまあと言って頬をそめた。

「わしは、そなたがいまの境遇に不満を持っているとばかり思っていたのだが……」

「そんなことはございません」

「それにしては日ごろぶっちょうづらにみえる」

「そうですか。以後気をつけます」

瑞江は頭をさげた。

「不安なことばかりで、気を張っていたからでしょう。家の中のやりくり、子育て。おかあさまがいらっしゃいませんし」

「その苦労はわからんでもない」

「でも、女子には男が知らない心配事もございます。たとえば、二人目を産んでもはたして育てられるかどうかと……」

「二人目？」

「おまえさま、またやや児が出来たらしゅうございますよ」

言うと同時に、瑞江は首筋まで赤くなってうなだれた。思いがけない幸福感が与次郎をつつんだ。

「二人目か。産め、産め」

と与次郎は陽気に言った。顔を上げた瑞江がうれしそうに笑った。与次郎がひさしぶりに見る笑顔だった。

「大丈夫だ、産め。何とかなる」

でも、だから派閥に入って出世しようなどとは考えないでくださいねと瑞江が言った。

六

その変事は、二月の寒い夜に起きた。知らせを受けて与次郎が走って行くと、間もなく内匠町の方角に赤々と燃える火が見えた。走ると、耳のそばで夜気がひゅうひゅうと音を立て、耳が氷のようにつめたくなった。

着いてみると、杉浦作摩の屋敷はすっかり火が回って、焼け落ちる寸前だった。その火に、ごった返す火事見物の弥次馬（やじうま）と、三方の隣家の屋根に上がった火消しの姿がうかび上がっている。物頭（ものがしら）がひきいる足軽の一隊と思われる男たちが、槍（やり）を手にして弥次馬を取りしまっていた。

その男たちの中から、与次郎は戸田という、矢崎道場で同門だった男の顔を見つけた。戸田は大目付の下で徒目付（かちめつけ）を勤めている。

「大目付の配下が来ているところをみると、これはただの火事じゃないな」

と与次郎は言った。

「その疑いがあるというので来た」

「杉浦の家の者は？」

「全滅だ」

戸田は短く言った。そしてすぐ訂正した。

「いや、一人だけ助かっている」

「誰だ」

「年寄りの下男らしい。ほかは全滅だ」

戸田がそう言ったとき、最後の梁(はり)が落ちたらしく、暗い夜空にどっと火柱が立ち上がり、火の粉が見物人の頭上に舞いおりて来た。どよめきが起きた。

ある疑いで、胸がこわばるのを感じながら、与次郎は聞いた。

「普通の火事じゃないと、どうしてわかった」

「まだ、はっきりしたわけじゃない。調べはこれからだ」

と戸田は言った。

「ただ、これまで聞いたところでは、まわりの家では誰ひとり、杉浦どのの家の者が叫ぶのを聞いていない」

「叫ぶのを聞いていない？」

「さよう、一人も聞いていない」

戸田は与次郎から火に目を移した。

「われわれは、火事になる前に、杉浦家の者が斬殺(ざんさつ)されたのではないかと疑っている」

焼け跡からは死体が出て、杉浦の親族は一家の葬儀を行なった。与次郎もその葬儀に加わった。その間ずっと、危険は予想出来たのだから、もっとまめに杉浦の屋敷を見回るべきだったという強い後悔に、胸を責められていた。

初七日が過ぎ、三十五日の法要が過ぎたが、その間大目付の方には何の動きもなかった。与次郎は、火事の夜に話した戸田新蔵に会って、その後の調べの様子を聞きたかったが、どういうわけか会えなかった。戸田は家にも居ず、大目付の屋敷でもつかまらなかった。戸田が言ったような調べが行なわれているのかどうかさえ、確かではなかった。

ただ三十五日の法要が終ったあとで、藩命で縁つづきの少年を立てて杉浦の家を継がせることが、正式に決まった。家は残ることになったのである。

与次郎は非番の日の夜、時刻を見はからって目立たぬように丹羽司の屋敷をたずねた。

「いよいよわが派に加わることに決めたかな」

丹羽は例によって気持よくひびく声でそう言ったが、与次郎の顔いろを見て、ちがう用事らしいなと言い直した。

「杉浦の一件です」

与次郎は言って、火事の夜に戸田に聞いたことを話した。戸田の名前は出さなかった。

「それについて、大目付の調べがあったのではないかと思いますが、何かお聞きではありませんか」

「聞いておる」

丹羽は言ったが、顔いろは冴えなかった。

「たしかに取調べは行なわれたようだが、途中で沙汰止みになったらしい」

「沙汰止み？」

「つまり、証拠がないということだ。これぞと思う証拠は何ひとつなく、調べの続行は無理ということに相成ったらしい」

与次郎の胸に怒気が溢れた。証拠がなくとも、犯行はあの人物の仕業に決まっているではないか。一人の老爺をのぞいて、杉浦の一家が眠りこけたまま、声も立てないで火に焼かれたなどということはあり得ない。

「大目付は畑中派ですか」

「いや、れっきとしたわが派だ」

丹羽は困ったような目を与次郎にむけた。

「ただいろいろと事情があってな。杉浦どのの一件は、両派ともにこれ以上触れずにそっとしておこうと、つまり暗黙の諒解が出来たようなあんばいになっておる。手を引いたことでわが派はむこうに貸しをつくったと、ま、そんなことかな」

「闇から闇に葬るということですか」

「きびしく言えばそういうことになるが、申したように証拠がない。である以上、そういう形で手を打つのがわれわれとしても精一杯だったのだ。うかつなことは出来ぬ」

与次郎の顔いろを見て、丹羽司は話がここまで来たからには、もう少し打ち明けた話をしようかと言った。

「たしかに杉浦どのの一家は殺害された疑いが濃い。誰がやったと思うかな」

「淵上さまだと思います」

丹羽は黙ってうなずいた。

「二月のはじめには、杉浦どのはほぼ長老の意見なるものをあつめ終っていた。さぐったところによると、意見は大体わが派に有利なものだったらしい。このことはむこうにも当然洩れたろうから、淵上は杉浦どのに何か工作を仕かけたかも知れん」

「……」

「脅しをかけて、江戸には畑中派に有利なようにこしらえた意見を持って行かせようとした、杉浦どのがことわったから殺害した、というようなことはあり得たかも知れんて」

「そこまで推察がついても、取調べは出来ないのですか」

「むつかしかろうな」

と丹羽は言った。

「証拠があれば罪に服さしめて、一族を抹殺することも出来る。淵上が杉浦一家を抹殺したようにな。しかし証拠を挙げられなければ、無理だ。かえってこっちが傷つく」

「……」

「殿が帰国され、わが派の改革案が採用されたあとで、これはもう決定的だ、そのあとで多分、家中争闘を理由に先方から処分者が出ることになるだろうが、かの男は生きのびる」

「……」

「淵上はそういう男だ。杉浦どのを抹殺したのは、処分するならしてみろという、殿に対する恫喝ではないかという意見すらある。そういう男だから、われわれは改革のはじまりにそなえて、貸しをつくったというわけだ」

与次郎の胸に、物がなしい失望感がひろがった。これでは杉浦も従姉も浮かばれまいと思った。

二、三日して与次郎は三宅俊六を、家にたずねた。足を斬られた三宅は、傷が癒えて勤めにもどったものの、まだ青白い顔をしていた。

「村瀬道場の三人にあたってみろ」

与次郎の話を聞くと、三宅は即座に言った。

「おそらく声も立てさせずに斬って回ったのだろう。そういう手早い仕事は、遣い手でないと無理だ」

そのあとで家に火をかけたに決まっている、と三宅は言った。

「しかし三人が全部かかわり合ったとは限らんわけだ」

「むろんだ。そのうちの二人かも知れぬし、あるいは一人かも知れん。しかしおれの勘だが、必ず一人は関係しているぞ」

おれの足を斬ったのは野口甚平だと、三宅はいまいましそうにつけ加えた。

与次郎が、ついでに畑中派にこんな背の高い、大男はいないかと聞くと、三宅はどんな顔をしたやつかと言った。

「それが夜で、顔を隠していたからわからなかった」

「じゃ、声はどうだ」

与次郎が、杉浦の屋敷の前で会った大男の声を真似すると、三宅はすぐに言った。

「ああ、それなら作事の海保弥太夫だろう。作事組の小頭だ」

杉浦作摩は、与次郎が聞いても言わなかったが、いまの三宅の言葉で、あの夜の客が淵上だったのはたしかだと思われた。

三宅に会ってから、与次郎は畑中派に属しているかつての村瀬道場の俊才、野口甚平、峡田光之進、石塚半十郎をつかまえにかかった。しかしそれは三宅の言うように簡単なことではなく、つかまえても、人のいないところにひっぱり出すのがむつかしかった。

最初につかまえた石塚半十郎は、婿に入った家が右筆だったので、風貌に似合わないその職を勤めていたが、瘦せた狼のような顔も、少し風変りな性格もむかしのままだった。

「杉浦？　話は聞いたが、おれはかかわりがないなあ」

石塚は、与次郎の露骨な質問に、瘦せた頰をゆがめて不快そうに答えただけだった。

しかしつぎにつかまえた峡田光之進の反応は違った。峡田は美男子なのに身を固めたのがおそく、一年前に嫁をむかえたばかりだった。家をたずねて行くと、その新妻が顔を出したが、まだ少女のような若い女だった。

「外へ行こうか」

峡田は与次郎の顔を見ると、新妻に話を聞かれるのを恐れるように、そわそわとそう言った。そして先に立って町を抜けると、城下の西を流れる菰田川の岸に出た。

「何の話だ」

立ちどまって振りむくと、峡田は威丈高に言った。あの晩、杉浦の屋敷に行かなかったか、と与次郎は言った。

「いつの晩のことだ」

「とぼけぬ方が身のためだぞ。わかっているくせに」

与次郎は言った。

「むろん、火事の晩のことだよ。斬って、あとで火をかけたろう」

「とんでもない言いがかりだ」

「いや、やったことはわかっているのだ。聞きたいのは野口も一緒かということだよ。石塚が加わらなかったことは調べてある」

「何のことか、さっぱりわからんな」

「ま、そういう態度ならそれもよかろう。こっちは調べたことを大目付に届けて出るだけのことだ」

与次郎は背をむけた。間髪をいれない速さで、峡田光之進が斬りかかって来た。その動きを、与次郎は落ちかかる早春の日射しをはじいた剣の光で覚った。

咄嗟に片膝を突くと、背をまるめて刀の鐺を斜めうしろに突き出した。見事に峡田の鳩尾に決まって、峡田は仰向けにひっくり返った。はね起きて、与次郎は峡田の頸に白刃をあてた。

「貴様と野口のことは黙っていてやろう。おれが黙っていれば、殿が帰国しても、貴様らは処分を免れる。そのかわり、命令した人間の名前を言え。いや、名前はわかっているんだ。ただ、貴様の口から聞きたい」


藩主が帰国して、藩政改革の方針が示された。予想したとおり、採用されたのは丹羽派の案だった。

それからひと月ほどして、丹羽派の登用と畑中派の処分が発表された。畑中喜兵衛は、家中争闘の責任を問われて家老職を逐われ、家禄半減、五十日の閉門を命ぜられた。結局畑中派は家老以下十数人が、さまざまな処分を受けたのだが、その中に淵上多聞の名前は入っていなかった。事実上の盟主のうわさが高かったものの、淵上は表向き、どこにも自分の名前を出していなかったからである。

そこまで見とどけてから、藤江与次郎は行動に移った。すでに淵上多聞が月に一度、謡の会に出て、屋敷にもどるのが深夜になることをたしかめていた。証拠を残さないことに、与次郎は細心の注意をはらった。そうしておけば、もし疑われてもなんとか切り抜けることが出来るだろう。

初夏の月のない暗い夜だったが、与次郎は淵上のお供が持つ提灯の光で、二人の動きを手に取るようにつかんでいた。

いきなり横から襲いかかって提灯を叩き落とした。声を挙げる間もない供の下男を峰打ちで打ち倒し、返す刀で淵上の肩を存分に斬り下げた。燃える提灯の灯を踏み消して、暗い町を走った。

与次郎どの、と織尾が言ったように思った。今夜はずいぶんと手ぎわのよろしいこと、お見事ですよ。見たのはわたくし一人……、二人だけの秘密にしましょうね……。

与次郎は歯を喰いしばって、寝静まった町を走りつづけた。父があるときを境にみるみる老けたように、いま自分の若さが終ったのを感じていた。

祝人助八(ほいとすけはち)

一

祝い人は物乞いのことだ。しかし伊部助八がほいと助八とか、ほいとの伊部とか、人に陰口を利かれるようになったのはむろん物乞いをして回ったわけではなく、もっぱら身なりの穢さが原因である。

助八はいつもうす汚れている。衣服は垢じみ、湯を使うのも稀なのか、時どき身体そのものが悪臭を放っている。助八は御蔵役だが、城の詰所に入る日はともかく、家から直接に城外の御蔵に出る日は、髪も結わずひげも剃らないのだといううわさがあった。御蔵は城の三ノ丸のはずれにある。

それがうわさだけでないことが家中に知れわたるような事件があった。去年の五月、帰国して間もない藩主が急に思い立って御蔵を視察したときのことである。

御蔵は年貢米を収納する五棟の米蔵と、一棟の兵糧蔵から成り立っていて、兵糧蔵の小頭を勤めている助八は、藩主や月番家老、小姓頭など、米蔵の視察を終って兵糧蔵に来た一行十人ほどを迎えて、御蔵奉行の久坂庄兵衛と一緒に中を案内して回った。

兵糧蔵は言うまでもなく、出陣、籠城など、藩がいくさ支度の必要にせまられたときに用いる食糧を貯えておく蔵で、籾つきのままの米、大豆、干し大根、塩、味噌、干しぜんまい、するめ、棒鱈と呼ぶ鱈の干物などが、それぞれに俵や樽におさめられ、兵糧蔵の高い天井にとどかんばかりに積まれている。

蔵奉行の久坂と助八は、要所要所で俵をあけて籾の保存状態を説明したり、味噌やするめがすぐにも役立つように管理されているのを見てもらったりした。品物が黴びたり腐ったり、虫がついたりしないように管理するのは御蔵役の仕事である。

見回った結果に、藩主は概ね満足した様子だった。温厚な性格の藩主は、助八の説明にもいちいちうなずいて、ねぎらいの言葉をかけた。

しかし蔵の視察が半ばまですすんだころから、藩主は時どき、上品な面長の顔を曇らせて物を嗅ぐような表情を見せるようになった。そして、あとわずかで無事に視察が終るというところまで来たときに、藩主はついにさっきから自分を悩ませている異臭、蔵の貯え物の匂いとは異なる悪臭の出所に思いあたったらしかった。

藩主は立ちどまった。念を入れるようにひくひくと鼻を動かし、それから助八をじっと見た。

「におうのは助八か」

「はい」

助八の顔がまっ赤になり、つぎに青くなった。助八の顔には、あちこちに剃り残しの長いひげが残っていて、よく見れば頬もあごも生傷だらけである。藩主が見回りに来ると聞いてから、大あわてでおそらくは小刀か何かでひげを剃ったとひと目でわかる体たらくだった。ひげを剃らぬぐらいだから、身体もろくに洗っていないのではないかといった想像は容易に働いたらしい。藩主はにがい顔で、悪臭を放ちながら立っている助八を見た。そしてたしなめた。

「家中は庶民の範、むさくるしいのはいかんぞ」

その話はその日のうちに城中にひろまって、伊部助八は家中の笑い者になった。笑い者にされただけでは済まず、藩主の視察に同行した月番家老の溝口主膳が息まいて、危うく処罰されそうなところまで行ったのだが、助八の上司である久坂庄兵衛が弁護して事なきを得た。

伊部助八は二年前に妻を病気で失ない、以来傷心のやもめ暮らしである。近ごろうす汚れているのはそのせいで、同情の余地はある。一方助八は御蔵役としては一点の落度もない良吏だと、久坂はかばった。

その上でさらに久坂は、助八が香取流の剣で先代藩主雲景院さまに一家を立てることを許された、伊部藤左衛門の伜であることについて、月番家老の注意を喚起した。

「助八の家は、いわばご先代さま直々にお取り立ての名誉ある家、このたびのことにつきましてはきびしく本人に申し聞かせますゆえ、処分の方は何卒お許しねがいたいものでござります」

「ご先代お取り立ての家と申しても、是は是、非は非……」

と家老は言ったが、久坂の熱心な弁護を聞いているうちに、是が非でも処罰しようといったはじめの意気込みはうすらいだらしい。話題を転じた。

「伊部藤左衛門の試合を見たことがある」

と家老は言った。

「ほれ、武術指南役を勤めた志田采女之介を一撃で破った試合だ。あれを見たとき、わしはまだ二十前だったが、いまだに忘れがたい」

「それがしも見ました」

と御蔵奉行も言った。

「じつに見事な試合でしたな。志田どのは、それがために指南役から身を引くことになったのですが、不思議なことに藤左衛門が人前で技を披露したのは、生涯にあの時一度きりだそうでございますな」

「言われてみればそうかも知れぬて」

家老は言ったが、すぐに軽く首を振った。

「しかし、志田とのあの試合を見ただけで十分という気もするな」

「さようです」

「その藤左衛門は先年世を去ったが……」

家老の溝口は、ひげの剃りあとの濃い、丸いあごを撫でた。

「香取流は助八に残したのか」

「残らず伝えたといううわさです」

と御蔵奉行は言った。

「ただしうわさでございまして、誰一人助八が木剣や竹刀をにぎったのを見た者はおりません」

「それもまた、面妖な話だ」

と月番家老は言った。二人の話はいつの間にかすっかり剣術談義のようなぐあいになって、処罰の一件はどこかに行ってしまい、最後にそれに気づいた溝口が、ま、いいか、殿はそれほど怒っているわけでもなしと締めくくってケリがついた。

しかし処分は免れたものの、助八にむけられた家中の嘲りまでそれで消えてしまったわけではなかった。ほいと助八という渾名はそれからついた。

「おや、ほいと助八が来る。そばに寄らん方がいいぞ。臭いが移る」

「なにせ、殿お墨つきのむさい男だからな」

などと、人々は陰で言いはやしておもしろがった。

そして助八自身も、奉行の久坂に叱責された当座こそひげを剃り、衣服も改めて勤めに出たが、もののひと月もたたないうちに姿は次第にうす汚れて来て、ほいとは言い過ぎにしても、ふたたびうらぶれた姿にもどるまでさほどの手間はかからなかったのである。

ひげづらをうつむけて、助八は家と御蔵を往復する。そしてたしかにむさくるしくはあったが、そういう恰好で小雨に打たれて歩いていたり、あるときは遠くとも自分を嘲笑う男たちとわかるのか、塊って自分を眺めている男たちを、鎌首をもたげるようにじろとにらんで通り過ぎたりする助八の姿には、三十前にして妻を失なった男の孤影が感じられないでもなかった。

そういうわけで家中にも、ただ助八を嘲り笑うだけでなく、御蔵奉行の久坂のように、助八を同情の目で眺めている者も少数ながらいることはいたのである。

二

ところが事の真相というものはとかく散文的なもので、伊部助八のうらぶれた姿に男やもめの悲哀を見る御蔵奉行ほかの目は、表面の恰好だけを見てほいいと助八とはやしたりする軽薄な男たちとまず五十歩百歩、助八の本心を見抜いたものではなかったと言わざるを得ない。たしかに男やもめで不自由はしていたが、助八は人が考えるほどに妻の死を悲しんでいるわけではなかった。むろん六年余も連れ添った妻の急死を悲しまなかったわけではないが、ひとところの死後の始末が終ると、意外にはやく解放感がおとずれた。誰にも言えぬことだったが、亡妻の宇根(うね)は、助八が手を焼いた悪妻だったのである。

宇根は助八より二つ齢上(としうえ)だった。婚期を逸して、このままでは行かず後家になるかと心配しているところに持ちこまれた縁談だったので、考える間もなく伊部家の嫁になったという按配(あんばい)だったようだが、実家は百石で伊部助八は三十石である。家の暮らしも違えば作法も異なった。

宇根は最後まで、その身分の差になじめなかったようである。骨折って出世なさいませ、そうでないと実家の者が悲しみますというのが、この女の口癖になった。貧しい御蔵役に娘を嫁がせて、実家の親たちが悲しんでいるだろうというのだから、言語道断な言いぐさである。

宇根ははじめは物陰で助八にそう言うだけだったが、年月がたつとそのころはまだ生きていた助八の母の前でも、ことごとに裕福な実家を引き合いに出して、婚家の暮らしの貧しさを誹るようになった。そして姑が病死したあとは、誰はばかることもない悍婦になったのである。

しかしその口やかましい干渉が、助八の箸の上げおろしから、やがては閨の内のことにまでおよんだところをみると、宇根は嫁いで来て急に悍婦になったわけではなく、もともとがそういう性格の女子だったに相違ない。

齢下ではあっても、もちろん助八は伊部家の家長である。はじめの間はそういう宇根を強く叱責した。

しかし宇根の悍婦ぶりに、どこか人に無力感を抱かせるものがあるのに気づくまで、さほどに手間はかからなかった。たび重なる叱責も言い争いも、とどのつまりは何ひとつ宇根を変えることにはならなかったのである。

だが、気にいらないからと簡単に離縁出来る嫁でもなかった。宇根との縁談をすすめたのは、助八には恩義のある母方の親族で、その上悪妻には違いないけれども、宇根は家事では手落ちのない嫁でもあったからだ。助八の家は、つい二年前まではきれい好きの宇根の手で磨き立てられ、仏壇はもとより板の間も障子の桟もぴかぴかに光っていたのである。最後に助八に出来たのは沈黙することだけだった。

宇根の死後、助八がにわかにうす汚れて来たのは、もちろん女手を失なったためであることはたしかだが、亡妻の手きびしい干渉から解放されて、いささか暮らしの箍がはずれたということでもあった。

御蔵奉行の久坂が言う傷心の男やもめというのもむろん買いかぶりで、助八は宇根との暮らしの中でいささか男女の間に介在する地獄をのぞき見た。町を行く助八の顔がうつむきがちに暗くなったのはそのころからのことで、近ごろは外側の汚れがひどいので、暗さが目立って来たというにすぎないのに人々は気づかない。

いまは勤めからもどると、助八は羽織、袴をそばに脱ぎ捨てたまま、大あぐらで虫籠作りの内職に取りかかったりする。そして疲れればごろりと横になったところで、誰も何とも言わない。一人暮らしはこのように気楽なものかと思うことがあった。

厳密には助八は一人暮らしではなく、家の中には心配した親戚が回してよこしたおかねという手伝いばあさんがいる。しかしおかねはもう七十近い年寄りで飯炊き専門、ろくに家の中の掃除もせずに、ひまさえあれば台所で眠りこけている。

ひょっとしたら使えなくなった厄介ばあさんを回してよこしたのではないかと、助八が親戚の良心を疑ったほどの耄碌ぶりだったが、助八は飯を炊いてくれる人間がいることに満足していた。

湯なども気がむけば使い、気がむかなければしばらくは汗くさいままでいる。そして時々は内職で得た小金をつかんでは頬かむりして近くの町に出かけ、腰かけの飲み屋で一杯やって来る。これは男やもめになってからおぼえたたのしみだった。ほいと助八という陰口も聞こえ、また近ごろは親戚が後添いをもらえとやかましいが、助八は当分はいまの少々自堕落な一人暮らしの気楽さを捨てるつもりはなかった。

しかし女客がおとずれて来た四月のその夜は、助八は悪臭をはなちながらも背筋だけはしゃんとのばして、日ごろ愛読する史記を読んでいたのである。

三

おかねばあさんの知らせで玄関に出た助八に、女客は頭巾をとりながら親しげに挨拶した。

「しばらくぶりでございます」

「やあ、これは」

「夜分遅く、突然におじゃましまして申しわけございません」

「いやいや」

返事はしているものの、助八には相手が誰かわからない。ひょっとしたら家を間違えているのではないかと思ったとき、まるでその気配を察知したように、目の前の美女がにっこりと笑った。

「お忘れでしょうか。飯沼の波津でございますけど……」

「や」

助八は呆然とし、つぎに強い狼狽につつまれながら言った。

「これはこれは、お波津どの。あまりに見事に成人されて、すぐにはわからなかった」

飯沼は右筆の飯沼家で、ここの嫡男倫之丞が助八の親友だった。二人のまじわりは、子供のころにともに朱子学の富田佐仲塾に学んだことからはじまり、近年こそ助八が出仕したために会うことがやや間遠になったものの、ひところは飽きもせずにお互いの家をたずね合った仲だった。

倫之丞の父は学問の素養が深く、外交文書の作成は飯沼にまかせろと言われるほどに藩主の信用が厚かった右筆である。近年はやや病弱で国元勤めに変ったものの、壮年のころまでは、藩主の参覲にしたがって一年ごとに国元と江戸を往復した。そのせいで飯沼家にはつねに江戸の空気がただよっていた。

そういう家風のためか、倫之丞の二人の妹もことさらに深窓に隠れるようなことはなく、助八がいる席に気軽に菓子をはこんで来たり、三月の雛の節句に行き合わせた助八を雛祭りの座敷に招いて、白酒を振舞ったりした。したがって助八は、いま目の前にいる波津を、子供のころからやや大人めく時期まで見ている。

といってもそれは、せいぜい波津が十三、四になるころまでのことだったろう。そのあとは姉妹ともども、文字どおり深窓に隠れてしまって、助八の目に触れることがなくなった。そしてその波津に関して言えば、つい二年ほど前に、御番頭の甲田家に嫁入ったと倫之丞から聞いていた。

――これではすぐにはわからぬ。

うつくしい目と白い頬、そしてほっそりしているように見えながら胸や腰の丸味は隠れもない波津を見ながら、助八は思った。むかし見た波津は、いまの本人にくらべれば繭にこもる前の蚕のようなものだったというほかはない。

「ところで……」

助八は落ちつきを取りもどして聞いた。

「何か、それがしに急ぎの用でも？」

「はい」

波津はうつむいた。しかし顔を上げたときには微笑していて、自分が甲田の家を出たことは聞いているかと言った。

「耳にいたした」

「では、豊太郎どのが離縁を不承知で荒れ回っていることもお聞きでしょうか」

「それも聞いておる」

と助八は言った。波津が実家にもどったのは仕方ないが、夫の豊太郎がたびたび押しかけて来ては乱暴を働くので迷惑している、とつい最近倫之丞に聞いている。

飯沼の家では、豊太郎を恐れて波津を親戚の家に隠したが、豊太郎はそこにも押しかけて、聞くに堪えない悪口雑言を吐き散らしたとも言う。しかし波津に関するその種の新しい消息を、助八は身をいれて聞いたとは言えない。当時はわが身の煩(わずら)いで手一杯だったからだ。

「ご亭主どのは、よほど波津どのを去らせがたく思われているのであろう」

助八が言うと、波津はうつむいてちょっと笑った。意味不明の少し秘密めかした笑いに見えた。顔を上げると、波津はきっぱりと言った。

「離縁の手続きは終っています。あの方はもう、夫ではありません」

「ほう」

助八はまじまじと波津を見たが、気を取り直して聞いた。

「それで？」

「さきほど、仲人(なこうど)の安松さまから酒に酔った甲田がそちらにむかったから、用心するようにと急ぎのお使いがあったのです」

「ほほう」

「それを聞いた兄が大そううろたえまして、今夜はこちらに泊めていただけというものですから、取るものも取りあえずうかがったのですけれども」

「……」

助八は腕を組んだ。甲田豊太郎は城下の坂巻という一刀流の道場の高弟で、腕力にすぐれた大男である。それに対して飯沼の男たちは、父親は病弱、倫之丞は子供のころ藩の武道場で竹刀にさわった程度という文弱の徒である。

倫之丞の狼狽ぶりが手に取るようにわかった。しかしと助八は思った。こちらは男やもめである。そのことが外に洩れれば、家中をゆるがす醜聞になりかねない。同じ物笑いでもこちらは武士の沽券にかかわることで、その上波津もともに人の笑いものにされるのである。

「それは、ちと無理でござろう」

助八がきっぱりと言うと、波津の顔にまた、さっきの不可解な微笑がうかんだ。そして波津は、少し軽々しいような口調で、多分そうおっしゃられるのではないかと思っていましたと言った。

「伊部さまはおひとりですものね。でも、ちょっとの間ならかくまってもらえますか」

「あ、それはもちろん」

助八はやっと、さっきからかよわい女客を土間に立たせきりだったのに気づいた。いそいで言った。

「さあさ、遠慮なく上がられよ」

しかしそう言ったとき、助八はみるみるさっきの狼狽がもどって来たのを感じた。時ならぬうつくしい女客を迎えるには、この家も、家の主人もあまりにうす汚れてはいないかと思ったのである。ひさしく深い眠りをむさぼっていた羞恥心が、波津を見ていっぺんに目ざめたという按配だった。

「ばあさん、茶を持って来い」

波津を居間にみちびきながら、助八は台所にどなった。

どなったのは、また居眠りをしているかも知れないおかねを呼びさますためでもあったが、大きな声を出せば、多少なりとも波津の関心が畳に浮いている埃や悪臭を放つ自分から逸れはしないかと、助八はじつに姑息なことを懸命に考えている。

しかし居間に落ちついて対座し、おかねばあさんがぬるい茶をはこんで来て去ると、助八も観念した。にが笑いして言った。

「汚い家で、さぞおどろかれたろう」

「いいえ」

「これで、この部屋が一番きれいなのだ。半月に一度は塵を掃き出しますからな」

助八は自虐的に言って、波津の顔を見る。波津はにっこり笑って助八を見たが、その顔には助八が予期したような嫌悪の表情は見えなかった。

あるいは波津は自分の心配だけでいっぱいで、他を顧みるゆとりがないのかも知れなかったが、助八はひとまずほっとした。

「ばあさんが年寄りで、それがしは城勤め。なかなか家の掃除までは手が回らんのです」

助八は弁解し、わが身がまとっている悪臭についての弁明ははぶいて、話題を転じた。

「その後姉上の方はいかがか。お変りござらんか」

四

　助八と波津が、助八の家を出たのはそろそろ九ツ（午前零時）と思われる時刻だった。はたして途中で高蓮寺の九ツの鐘を聞いた。

　助八の家と波津の家は、間に足軽の組屋敷と町屋が混り合う百軒町がはさまっているだけで、さほど遠い距離ではない。二人は人気なく静まり返った夜道をいそいで、波津の家に着いた。

　門は押すとすぐにひらいた。閂は降りていなかった。助八は立ちどまって母屋の方を窺ったが、灯の色は見えず、家は寝静まっているように見えた。

「どうやら、やつは帰ったらしいですな」

　振りむいて助八が言うと、波津が深々と頭を下げた。そしてほっとしたように言った。

「今夜はお手間をとらせて、申しわけございませんでした、伊部さま」

　二人は屋敷の中に入った。そして何の警戒もなく玄関に近づいたとき、玄関の戸の内側にちらちらと灯の色が動いた。誰か、人が出て来るようでもあった。

　とっさに提灯の灯を吹き消すと、助八は玄関前の植込みの陰に回りこんで、うしろ手に波津をかばった。すると、ほとんど間をおかずに玄関の戸があいて、提灯を持った男が外に出て来た。すぐに背をむけてしまったので顔は見えなかったが、ひときわ丈高いうしろ姿は、甲田豊太郎に相違なかった。

こちらに背をむけたまま、男が言っている。

「では、よろしいか。場所は般若寺裏、時刻は八ツ（午後二時）」

声が酒で濁っていた。ねっとりとしただみ声で、男が念を押している。

「忘れぬようにしてくれ」

「いきなりそういう無道を言いかけられても困る」

倫之丞の甲高い声がした。怒っているが、その声はおろおろと取り乱していた。玄関の内にいるらしく倫之丞の姿は見えなかった。

「それがしは行きませんぞ。いかに酔っているとはいえ、果し合いなどとはとんでもない話だ。強いてというなら、上にとどけて出る」

「また、また、大げさなことを言う」

と言った男の声に、嘲るような笑い声がまじった。

「なにも命のやりとりをしようというわけじゃない。不肖、甲田豊太郎……」

豊太郎はそこでおくびを洩らして、失礼と言った。

「甲田豊太郎、それほどの愚か者ではない。ただ、木刀を一本持ってござれと言っているだけだ。武士は武士らしく、それで決着をつけようと。それにお言葉だが、わしは酔ってはおらん」

「これは、言うことが無茶だ。話にならぬ」

「何が無茶か」

豊太郎が大声を出した。声音が恫喝の色を帯びて来た。

「今度の離縁話をお膳立てしたのが貴公だということは、もうわかっているのだ。安松のじじいがそう白状している」

「……」

「波津に未練はない。いやなものは仕方ないだろう。だが、貴公に対しては言い分がある。貴公のおかげで、女房に逃げられた男とまわりの笑いものにされた。そこの気分をすっきりさせるために、一度立ち合えと言っておる。それで双方ともにさっぱりするんじゃないのか」

「しかし、それがしは……」

倫之丞がかすれた声を出した。

「はっきり言うが、木刀などにぎったこともない」

「そんなことはこちらの知ったことか」

豊太郎がひややかに言った。冷酷な本性を剝き出しにしたような言い方だった。豊太郎はねちねちとつづけた。

「どうしてもいやなら、来なくともいいのだ。しかしそうなるとこっちも気持のケリがつかず、また時どきこちらに邪魔することになるかも知れんなあ。それでもかまわんのか。おっと……」

豊太郎が片手を上げたのが見えた。

「上にとどけ出るのはやめた方がいい。こっちはお咎めをうけるようなヘマはせぬ。もっとうまくやる」

武士の風上にもおけぬ男だな、と思ったとき助八は、いつの間にか袴のうしろをにぎっている波津の手が、まるで瘧を病んだようにはげしく顫えているのに気づいた。振りむこうとしたとき、一瞬にして助八の腑に落ちたものがある。

——この男を、恐れているのだ。

なぜ、もっとはやく気がつかなかったかと思った。

波津が離婚したことを助八に話したとき、倫之丞は波津はよほどいじめられた様子だと言った。その言葉を助八は、単純に世の嫁姑の関係と思いこみ、波津は姑にいじめられたのだろうと解釈したのだが、いじめたのはどうやら目の前にいるこの男だったようである。波津は多分、人を苛んで喜ぶ男に嫁入ったのである。さっきからの男の言い分を聞いていると、それがよくわかった。

助八は家にたずねて来たときの波津が見せた、奇妙な笑顔も思い出していた。あれは一番訴えたいことを訴えかねている笑いだったに違いない、と思ったとき、助八は静かに波津の手を捥ぎ放して前に出ていた。

「その果し合い、代役ではいけませんかな」

助八が声をかけると、豊太郎の大きな身体がおどろくほど敏捷に動いた。二間ほど横に走って助八にむき直ったとき、豊太郎の左手は刀の鯉口を切っていた。

しかし右手の提灯ははなさず、その提灯を掲げて助八を見た。そのとき助八のうしろの闇に隠れている波津の姿も見つけたらしい。小さく二、三度うなずいてから言った。

「貴様、何者だ」

「伊部助八、御蔵に勤めております」

「ふん、御蔵役人か」

と言ったが、そこで豊太郎は助八の名前を思い出したらしい。不意に緊張を解くと、顔に嘲るような笑いをうかべた。

「ほいと助八とかいうのは、貴様だな」

「そんなことを申すバカ者もいるようですな」

「貴様、飯沼や波津とはどういう関係だ」

「倫之丞はガキのころからのつき合い、波津どのは倫之丞の妹御というだけで、残念ながら貴公がいま邪推しているような関係はありません。あ、ひとつご注意申し上げよう」

助八は油断なく豊太郎を見ながら言った。

「波津どのとはもう他人になられたのだから、呼び捨てはまずいんじゃないでしょうか。非常に聞きぐるしい」

豊太郎の顔からうす笑いが消えて、表情がいっぺんに険しくなった。地面に唾を吐いてから、豊太郎が言った。

「蔵役人、明日はひまがあるか」

「非番です」

「代人を買って出たところをみると、腕におぼえがあるのだろうな」

「さあ、どうですか。それは明日のたのしみにしようじゃないですか」

「よし、明日般若寺裏に八ツまで。得物は木剣。立会い人はこっちで用意しよう。それでいいか」

助八がけっこうだと答えると、甲田豊太郎は波津から外に出て来た倫之丞に、鋭い一瞥を流して引き揚げて行った。

五

本堂わきから雑木林の小道に入ったとき、助八は高蓮寺の鐘が八ツを知らせるのを聞いた。林の中の空気はやや冷えて、頭上を覆う小楢や栗の若葉越しに明るい日の光がこぼれて来た。助八はいそぎ足に林を抜け、寺裏の空地に出た。

すると、そこに熱い日射しを浴びて立っていた数人の男たちが、一斉に助八を見た。豊太郎の友人と思われる、いずれも身なりのいい若い男たちだった。やや人数は多いが、これが弥次馬半分の立会い人なのだろう。男たちに囲まれて、豊太郎もいた。

一人が何か言うと、男たちは助八に顔をむけたままで、控えめな品のいい笑い声を立てた。多分、ほいいと助八とか何とか言ったのだろう。助八が黙って立っていると、一緒に笑っていた豊太郎が、顔色をひきしめて前に出て来た。

「おそかったではないか」

「いや、そんなに遅れたとは思いませんな。八ツの鐘は、すぐそこで聞いたばかりです」

「まあ、いいか」

豊太郎は言ったが、すぐに助八が手ににぎっている白木の棒を見咎めて、険しい声を出した。

「それは何だ」

「わが流派の棒です。木刀代わりに使います」

「約束が違うぞ」

「それがしはほいいとの伊部と言われる男です。近間に木刀を構えては、そちらが悪臭で卒倒する恐れがある」

男たちは今度は遠慮のない笑い声を上げた。豊太郎だけは笑わずに、助八と棒を見くらべている。棒と木刀の得失を考えている表情だった。

「いや、ただいまのは冗談。木刀は打ちどころが悪ければ死にます。ただの野試合に使うにはふさわしくない。その点、この棒なら安心です。当ってもアザぐらいで済む」

「どうかわかるもんか」

「お疑いならお調べください。軽いものです」

「どれ、よこせ」

助八は豊太郎に棒を投げ渡した。つかみ取った豊太郎は、片手で棒を振ってみたが、納得したらしくすぐに投げ返した。そして無造作に言った。

「さあ、ではじめるか」

二人は足場を定めてむかい合うと、得物を構えた。豊太郎は木剣を青眼に構え、助八は棒を右斜めに構えた。大男の豊太郎が構える木剣には、相手を威圧する迫力がある。しかし背丈こそ見劣りするものの、骨太な身体つきの助八が構える棒にも、なみなみならぬ修練のあとが窺えるのを、男たちは認めた。不用意に打ちこめば、左斜め上から棒が襲いかかるだろう。

わずかずつ足場を移しながら、二人の対峙(たいじ)は長くなった。見ていた男たちは息を呑(の)んだ。隙(すき)のない棒の構えもさることながら、助八の眼光の鋭さに圧倒されていた。助八の印象はさっきとは一変して、猛禽(もうきん)のような瞬(また)たかない眼(め)が豊太郎の動きを窺っていたのである。

しかし、先に仕かけたのは豊太郎だった。気合とともに鋭く踏みこんだ豊太郎が、助八の肩を打った。神速の打ち込みだったが、助八の引き足の方が速さで勝った。助八は流れるようにうしろにさがった。四尺の棒が、その瞬間ほんの一尺ほどに縮んだのを男たちは見ている。

助八は踏みとどまると、そこからわずかに一歩、逆に踏み出した。その動きが豊太郎の打ち込みをぴったりと迎え撃つ形になったと見えたとき、助八の手もとに繰りこまれていた棒が、魔のようにのびて豊太郎の小鬢を打った。ぱんと、乾いた音がした。

見ていた男たちの目には、一閃の白光が動いたとしか見えなかったが、豊太郎の身体ははじかれたようにうしろに飛んで倒れた。そのまま昏倒した。男たちが騒然となったときには、助八はもうその場に背をむけていた。

その夜飯沼倫之丞が、礼物を持って助八をたずねて来た。それから数日して、今度は助八の留守中に波津が来て、家の中を掃除して行った。波津はそのあとも時どき来て、掃除をして帰った。

さらにひと月ほどたったころ、また倫之丞がたずねて来て、敗北を恥じたのか甲田豊太郎はあれ以来姿を現わさないと報告した。そして話のついでのように、波津を後添いにもらう気はないか、波津もそうのぞんでいると言ったが、助八はことわった。身分違いの縁談には懲りたと言った。飯沼の家も百石である。

波津の性格の好もしさはわかっていた。しかし嫁に来たら、その波津といえども、長い年月の間には婚家の貧しさに疲れて悍婦になりはしないかと、助八は思っている。助八の胸の中には、まだ亡妻宇根とのにがい歳月の記憶が痼っていた。波津をあんなふうにはしたくないと思った。

飯沼の家が、豊太郎との果し合いを代ってやったのを恩に着ているようなのも、いささか気が重かった。助八は人前で家に伝わる剣の技を披露したのを、少々後悔していたのである。それは助八に流儀を伝え終ったときに、亡父が戒めたことだったのだ。

「伝えた技は、わが身を守るときのほかは、秘匿して使うな。人に自慢したりすると、のちのち災厄をまねくことになるぞ」

亡父のその言葉を思えば、人前で軽々しく使った技で、うつくしい嫁を購うことになる結末は、助八には受け入れ難いものだった。きっぱりと固辞した。

そしてその年の秋に、亡父が予言した災厄が、助八に降りかかって来たのである。

六

「殿村弥七郎が、中老を刺殺した一件は聞いておるだろうな」

と、家老の溝口主膳が言った。助八は聞いていると言った。しかし、家老がなぜ城にも登らず自分の屋敷に助八を呼びつけて、そんな話を聞かせるのかを判じかねていた。

この夏のはじめに、城下を震撼させた出来事があった。組頭の殿村弥七郎が、中老の内藤外記を城内で刺殺したのである。二人はかねてから不仲をうわさされた間柄だったが、非は中老の内藤の方にあるとも言われていた。

そのせいか、本来ならすぐにも腹を切らせられるはずの殿村は、大目付の糾問のあと、屋敷に閉じこめられたまま、まだ判決を待っていた。いや、判決は出ているのだが、江戸にいる藩主に最後の決裁を仰いでいるのだといううわさもあった。

ともかく事件はそのまま秋を迎えて、いままたしても月番家老を勤めている溝口が、助八を呼び出してその話を持ち出して来たのである。

「それよ、ざっとひと月前にもなるか。江戸の殿から弥七郎の処分について、お指図があった」

と溝口は言った。

藩主の指図は、殿村を一族もろとも領外追放にせよというものだった。殿村に理があることを認めて罪を減じたのである。当然殿村弥七郎は、藩主の寛大な処置に感謝すべきであった。

「ところが弥七郎はへそ曲りだ」

と溝口は言った。殿村は寛大な処分には感謝のほかはない、仰せにしたがって家の者は残らず領外に出させていただく。ただし自分はこの土地、この屋敷で生を享けたものである、他領をさすらうのは堪えがたいので、ここで死にたい。藩は討手を送れ、と言って来た。

藩では殿村家の警戒を厳重にして、再度江戸に急使を走らせた。

「その返事が、今朝とどいたのだ。殿は激怒しておられる」

と言って、溝口は助八の顔を見た。

「即刻、殿村の屋敷に人をやってのぞみどおり討ち果たせというお指図だ。当然だ、せっかくのご好意を無にされたのだからな」

「……」

「ここまで言えば、推察はついたろう。重役相談の結果、討手にはその方がよかろうということに相成った」

「ちょっとお待ちください」

と助八は言った。総毛立つ思いがした。殿村弥七郎はただの組頭ではなく、剣客である。それも甲田豊太郎などは及びもつかない、本物の剣士だった。

「ご承知のごとく殿村さまは、直心流の高名な剣客。それがしは……」

「わかっておる、わかっておる」

と溝口は言った。顔にうす笑いをうかべた。

「だからそなたをえらんだのだ。この春ごろの話かな、甲田の息子を相手に、そなた水ぎわ立った技を見せたそうじゃないか」

「……」

「藩も、ただでやれと言っているわけではない。首尾よく仕とげれば加増がある。わしの見積りだと、五石、十石どころではない加増になる」

溝口は助八をじっと見たが、助八がうかぬ顔をしているのを見てとったらしい。急に強圧的な声を出した。

「どうしても引きうけぬというのなら、こちらにもやりようがある。甲田の息子はまだ耳鳴りがやまぬそうだ。あれを私闘とみなして、加増どころか禄を減らすぞ」

家老屋敷から家にもどると、助八は台所をのぞいて、ばあさん、髪を結えるかと言った。討手を引きうけたからには、身体を洗い、髪を結っていかねばならないだろう。

「むかしはやりましたけれどもね、近ごろは出来ませんよ」

「何にも出来ないばばだな」

助八は思案にくれたが、ふといい考えがうかんだ。

「橘町の飯沼の家に使いに行ったことがあるな」

「はい」

「急に用が出来たと言って、飯沼の波津どのをお呼びして来い。多分来てくれるはずだ」

いそいでころぶな、と言っておかねを使いに出した。そして、そのあとで井戸から水を汲んで、丁寧に身体と髪を洗った。

助八が見込んだとおり、半刻（一時間）もしないうちに波津が駆けつけて来た。助八が事情を話すと波津は驚愕したが、そのあとは言葉寡なに助八の着換えを手伝い、髪を結った。

助八が縁談のことを口にする気になったのは、落ちついてしかもテキパキと支度をすすめている波津の姿に、つかの間の家族の幻影を見たせいだったろう。

波津がそこにいるだけで、身のまわりがあたたかいのを助八は感じた。そしてやもめ暮らしの歪さも、このときはよく見えたのである。

「前に倫之丞どのから言われた話だが……」

目を閉じて髪を結ってもらいながら、助八が言った。幸福感につつまれていた。

「波津どのさえよければ、この家に来てもらおうかと思うのだが……、いかがだろう」

髪を結う手がとまった。しかし波津は何も言わずにまた手を動かした。そしてしばらくしてから言った。

「もう少しはやく、その話をおうかがい出来ればよかったのですけれど」

「……」

「ついこの間、よそとの縁組が決まったのです」

「おう」

と助八は言った。にわかに目がさめたような気がし、助八は自分の身勝手な思いこみが恥ずかしくてならなかった。

「これは失礼した。すると、こんなことをやってもらってはいかんのですなあ」

「いいえ、かまいません。呼んでいただいてうれしゅうございました」

「しかし、めでたい」

「いいえ、そんなにめでたいお話でもないのですよ」

波津が小さな声で言った。

「あちらさまは、御子が二人もおられまして、齢もずいぶん……」

波津の言葉は、町々を抜けて殿村の屋敷がある鷹匠町にむかう途々、助八の胸中に浮かんでは消え、浮かんでは消えした。波津のためにも、自分のためにも、何か途方もない間違いをしでかしたらしいと思い、助八はめずらしく気持が滅入った。

――こんなことではいかんぞ。

助八は首を振った。波津の幻影を追い払おうとした。考えごとをしながらも、足は休みなく動いて、立ちどまったそこが組頭の殿村の屋敷の前だった。

門が大きくひらかれていた。低い一列の石段を踏んで、助八は門の前に立った。がらんとした屋敷の中が見えた。家族は許されて今朝はやく屋敷を出て国境いにむかい、あとには殿村一人が残って討手を待ちうけているはずだった。

しかし殿村の姿は見えず、屋敷は静まり返っている。助八は羽織の紐をとき、刀の鯉口を切ってから、太い敷居をまたいで屋敷の中に入った。そのまま物の気配を窺いながら、見えている家の玄関の方にむかった。

すると、すさまじい音がして門がしまった。助八はとっさに羽織をぬぎ捨てて、うしろを振りむいた。すると魁偉な顔をした男が、助八に目を配りながら、門の閂をしめていた。

「さあて、これで余人をまじえずに斬り合えるというものだ」

男は手をはたいてそう言うと、改めて助八を見た。甲田豊太郎ほどではないが、やはり背が高く胸の厚い男だった。齢は四十を過ぎているだろう。

男の眼はまるく、鼻は物を嗅ぐための鼻はかくありたいとでも言うように、大きくあぐらをかいている。いわゆる獅子鼻だった。そして唇のうすい口は、一文字に横に長く結ばれている。それがはじめて間近に見る殿村弥七郎の風貌だった。

殿村は、家を継ぐまでの十年余を、江戸で直心流の修行に費したと言われる剣客だった。帰国したころ、殿村の剣は藩中に敵なしと言われたという。ただし、十数年も前の話である。乗ずる隙があればそこだけだろうと助八が思っていると、殿村が声をかけて来た。

「藩がさしむけて来たところを見るとかなりの遣い手だろうが、名前を知らぬ。名乗れ」

「伊部助八」

「伊部……ほほう、すると貴様、藤左衛門の伜（せがれ）か」

助八がそうだと言うと、殿村は嘗（な）めるような目で助八を見た。そして無言の長い凝視のあとで、ひとつうなずくと顔を上向けてうれしそうに笑った。殿村は肩の襷（たすき）をしめ直すと、よし、では香取流、はじめようではないかと言った。

助八は刀を抜くと、すばやく青眼に構えた。そのときはじめて、殿村の身支度が目に入って来た。殿村弥七郎は伊賀袴（いがばかま）をはき、足もとを草鞋（わらじ）で固めていた。助八を屠（ほふ）って、城下を出奔しようという意味ではなかろう。おそらくは斬り合いのためにその身支度をしたのだと思ったとき、助八は背筋に寒気が走るのを感じた。

斬り合う相手は剣鬼だった。さっきの笑いは討手の助八に好敵手を見出（みいだ）した満足の笑いだったのだろう。予想どおりの難敵だと助八は思った。その鬼はおよそ十間の距離を置いて、刀を八双に構えた。と思う間もなく、その刀を高く担（かつ）ぐようにして疾走して来た。腰の据（すわ）った見事な走りだった。

助八は足袋はだしの足をしっかりと配って、その斬り込みを待ちうけた。長い戦いがはじまった。

四つん這いの形で肩の間に深く首を垂れたまま、助八は全身で喘いだ。心ノ臓が破れるかと思うほどのはげしい動悸と喘ぎは、しかしそうしていると次第に静まって行った。助八は首を上げて、倒れている殿村弥七郎を見た。

およそ一刻（二時間）におよぶ斬り合いの間に、日は傾いて薄雲の中に消えかけていた。殿村の身体は、地面を覆いはじめた夕色の中に、ぴくりとも動かず横たわっていた。

助八は立ち上がった。力の失せた足で殿村のそばに寄ると、もう一度生死をたしかめて、刀の血をぬぐった懐紙を殿村の袂に押しこんだ。作法にしたがった隠しとどめである。そのとき日が雲の切れ目にかかったらしく、力ない秋の日射しが殿村の遺骸にさしかけ、肩の傷口からのぞいている白い骨を照らした。

助八も二の腕と腿に手傷を負っていた。襷をはずして腿の傷の上を縛ってから、助八は羽織を拾い上げて歩き出した。

潜り戸から外に出ると、音もなく物陰から出て来た襷、鉢巻の男が声をかけて来た。

「終りましたか」

大目付の配下とみえて、男の口調は丁寧だった。終ったと助八は答えた。

「いや、門がしまって、その後何の音沙汰もないので心配しました。や、手傷を負われましたな」

「いや、かすり傷です。後をたのみます」

助八が言って歩き出すと、男はお気をつけて帰られよと言ってから、手を振って合図をした。すると殿村の屋敷の横から現われた手槍を持った一隊が、助八が出て来た潜り戸から、流れこむように屋敷に入って行った。

歩き出すと、傷ははげしく痛んで来た。傷口から新たな血も流れはじめたようである。人気のない道を選んで歩いて行くうちに、日はすっかり暮れてしまって、町にはほの白い夕闇が降りて来た。

——ばあさんに湯を沸かさせて……。

まず傷を手当てせねば、と助八は思ったが、一人では心もとない気がした。あるいはすぐに医者に行くのがいいのかも知れなかったが、その医者がどこにいるかもわからなかった。波津なら知っているかも知れなかったが、その波津はもう帰ったはずだった。お帰りはお待ちしませんからと波津は言い、小声で、御武運を祈りますと言って助八を送り出したのである。

当然だ、あの人は赤の他人なのだからと助八は思った。そして突然に、これまで感じたことがないような強い孤独感に、身体をひしとしめつけられるのを感じた。歯を喰いしばって痛みをこらえながら、助八は歩きつづけた。兆して来た発熱のために、足もとが少し揺れるのには気づかなかった。

ようやく住む町にたどりつき、わが家の粗末な門を目でさぐったとき、門の前のうす暗い路上に、黒い人影が立っているのが見えて来た。助八は立ちどまった。

助八が立ちどまると、黒い人影は下駄(げた)の音をひびかせながら走り寄って来た。ほの白い顔は波津である。幻を見ている、と助八は思った。

解説

縄田一男

時代小説の主人公の中で、一読、忘れがたい〝癖〟の持ち主といえば、佐々木味津三の『右門捕物帖』で主役をつとめる、あまりに無口なために〝むっつり右門〟の異名がある八丁堀同心近藤右門ではないだろうか。この右門、第一番手柄「南蛮幽霊」に登場した時には、同心になって半年間、口をきかなかったため、生まれついての愚鈍と思われていた。それが、島原の乱の残党が絡む怪事件を見事に解決、たちどころに沈思默考型の名探偵として皆の喝采を浴びることになるというわけだ。

ところが、この作品が発表された昭和三年当時の作者佐々木味津三の心境をさぐっていくと、右門のむっつりには特別の意味が込められていることが察せられる。もともと佐々木味津三は、芥川龍之介とも親交があり、純文学の書き手として作家生活のスタートを切っており、それが大衆作家へと転じたのは、多額の借財と子供たちを残して死んでいった兄の肩替わりのため、より多くの稿料を得たいというまったくの経済的理由による。当時は大衆文学蔑視の傾向が強く、味津三の側にも〝身を落とす〟とでもいった意識は否定出来ず、そうした内面の修羅が主人公のむっつり=默して語らずという〝癖〟となって表われたのではないだろうか。

余人は知らず、人それぞれの外面の特徴となって表われる様々な〝癖〟は、その人なりの内面の喜びや哀しみを端的にデフォルメした表現である場合が少なくない。本書『たそがれ清兵衛』（昭和六十三年九月、新潮社刊）は、うらなり、ごますり、ど忘れ、かが泣きといった極端な風体性格を持ったがために他人から侮られていた武士が、藩内の派閥抗争の中でふるう秘剣の冴えと、彼らの〝癖〟を通して語られる人生の彩を、二つながらに活写した傑作集成である。

表題作の「たそがれ清兵衛」（「小説新潮」昭和五十八年九月）の主人公井口清兵衛は、労咳で寝たきりの妻の面倒を看るために、下城の太鼓が鳴るといち早く仕事を片づけ家路を急ぐため、〝たそがれ清兵衛〟といわれている。その清兵衛が、知る人ぞ知る剣の使い手であったことから、上意討ちの討手に選ばれる。ところが、藩政を牛耳る筆頭家老を討ちとる段になっても一向に姿を現わさず、〝一藩の危機と女房の尿の始末とどちらを大事に思っているのだ〟と重役たちをヤキモキさせるというわけだ。ここに描かれているのは、本来ならば、比べるべくもないものを同じ天秤に乗せて平然としている主人公の飄逸さと、その倒錯した価値観の中からしみとおる様に伝わってくる愛情の細やかさである。それだからこそ、読者は結末近くの「ひとりで歩けたのか？」という清兵衛の妻へのことばに、思わず、ハッと胸を打たれずにはいられない。巻頭に据えるにふさわしい秀作といえよう。

また、冒頭に引き合いに出した〝むっつり右門〟と共通の〝癖〟を持った主人公としては

「だんまり弥助」(「小説新潮」昭和六十二年七月)で主役をつとめる杉内弥助が挙げられる。ただし、弥助の場合、その無口は従妹の美根を自害に追いやった自らの不用意さを悔やむためという具合に深い根を持っている。そして、その美根を弄んだ仇敵を藩内抗争の果てに討ち果たした時、弥助は、ようやくこの〝癖〟から解き放たれ、「無性に誰かにむかって話しかけたいような気持になっている」自分を発見するのである。

そして、この〝再生〟というモチーフは「日和見与次郎」(「小説新潮」昭和六十三年一月臨時増刊)では、藩内抗争の果てに虚しく死んでいった父の轍を踏まぬため、いずれの派にも属さない〝日和見〟をモットーとする藤江与次郎の上にもかたちを変えて表われている。与次郎は〝派閥に入って出世しようなどとは考えないでくださいね〟という妻のことば通り、直接、抗争の内部へ分け入ることなしにその根を断ち、父と同じ道をたどることはない。この藩内抗争が父子二代にわたって奇禍を及ぼすという設定は、第六十九回直木賞受賞作「暗殺の年輪」とも共通しているが、「日和見与次郎」の場合、最後の殺陣の箇所に年上の女への秘めたる思慕と青春への訣別が込められているという様に限りなく甘美である点に特色があろう。

この他、「ひとは他人の美を見たがらず、むしろ好んでその醜を見たがる」という、本書に収録されている作品全体に通じるテーマが記されている「うらなり与右衛門」(「小説新潮」昭和五十九年十二月)、藩の政争の中で果たした活躍が認められ、減石取り消し、おまけに加増すらあったのに気持ちがはずんで軽薄な御機嫌とりがやめられぬ「ごますり甚内」(「小説新潮」昭和六十年七月)、豪剣をふるう耄碌爺いの痛快譚「ど忘れ万六」(「小説新潮」昭和六十一年二月)、ユーモアにくるまれていても、本書に収録されている作品で主人公たちのとる行為が決して尋常ではないことを改めて認識させてくれる「暗殺という行為の血なまぐささを消すのは、藩のお役に立ったという意識であり——」という一節が読み手につきささる「かが泣き半平」(「小説新潮」昭和六十二年九月)、女房に死なれた傷心の男やもめと思いきや、実は悪妻がいなくなった解放感から身なりがだらしなく異臭を放つ様になってしまった「祝い人助八」(「小説新潮」昭和六十三年六月)と、個性あふれる面々が読者を楽しませてくれるのだ。

そして藩内抗争といえば、藤沢周平は、今年、自身の代表作の一つとなっている〝用心棒日月抄〟シリーズの最新刊『凶刃』を完結させている。本書が読者の手にわたる頃には、こちらも書店で平積みになっていようが、このシリーズも、忠臣蔵異聞ともいうべき第一作が登場して来て以来、既に十五年、回を重ねて四度目の登場である。第三作『刺客』のあとがきで作者は「この小説には後日談があるかも知れない、などという妄想がうかんで来たりする。後日談であるその小説は、陰の組の解体をタテ糸にし、中年になった青江又八郎と佐知の再会と真の別離をヨコ糸にする長い物語になるだろう」と記しているが、その予告が見事に果たされたことになる。心の片隅に故郷=東北のある小藩への思いを秘め、大東都江戸でその藩のために剣をふるう又八郎の姿は、東京が地方出身者の街となって以来、そこに住む住民ほとんどすべてに共通した心象風景が託されているといえるだろう。

　そして、〝用心棒日月抄〟シリーズについて語る時、もう一つ思い起こされるのは、この作品を転機として藤沢周平は初期の重厚で暗い感じのする作風から脱し、柔軟な明るい筆致が加わる様になったとする評価のことである。確かに作者自身も、それまでの小説は自分の心の中の鬱屈(うっくつ)した心情の産物であり、この連作以後、読者の迷惑を意識して明るさやユーモアを取り入れる様になったと記したことがある。しかし、本書に収録された諸作も、いろいろな問題はあるにせよ、つつがなくその日その日を送っていた下級藩士がある日突然、暗殺者に変貌(へんぼう)してしまう——暗いといえば暗いのである。

　そして、そのことを思うにつけ、この作者の初期作品に見られる、社会の底辺に、そして、絶望の淵(ふち)に立たされているはずの主人公を覆(おお)う、不思議な安堵(あんど)感は一体、何なのだろうと思わずにいられない。それは、いわば明るい諦観(ていかん)ともいうべきものであって、そこにはどんな境遇にあっても、実は人間の生そのものが明るいものなのだという、この作者のしたたかな認識が込められているのではないだろうか。

　そう考えると、藤沢周平の藩をテーマとした諸作品は、実は一つの大きな物語として、今、ハッピー・エンドに向いつつあるのかもしれない。〝用心棒日月抄〟シリーズの変貌や、「だんまり弥助」のほろ苦い結末などは、一閃(いっせん)のきらめきとともに、そのことを端的に私たちに示しているといえそうだ。

　どう書こうと小説は作者自身の自己表白を含む運命からまぬがれないものだろう——これは藤沢周平自身がいったことばだが、これからの藤沢周平作品が、このことばとどの様な拮(きっ)

抗を保ちつつ秀作を生み出してくるのか。それを見極める意味でも、藩内抗争を扱った一連の作品を逸することは出来ないのである。

（平成三年八月、文芸評論家）

この作品は昭和六十三年九月新潮社より刊行された。

藤沢周平著
用心棒日月抄

故あって人を斬り脱藩、刺客に追われながらの用心棒稼業。が、巷間を騒がす赤穂浪人の動きが又八郎の請負う仕事にも深い影を……。

藤沢周平著
竹光始末

糊口をしのぐために刀を売り、竹光を腰に仕官の条件である上意討へと向う豪気な男。表題作の他、武士の宿命を描いた傑作小説5編。

藤沢周平著
時雨のあと

兄の立ち直りを心の支えに苦界に身を沈める妹みゆき。表題作の他、江戸の市井に咲く小哀話を、織麗に人情味豊かに描く傑作短編集。

藤沢周平著
冤（えんざい）罪

勘定方相良彦兵衛は、藩金横領の罪で詰め腹を切らされ、その日から娘の明乃も失踪した……。表題作はじめ、士道小説9編を収録。

藤沢周平著
橋ものがたり

様々な人間が日毎行き交う江戸の橋を舞台に演じられる、出会いと別れ。男女の喜怒哀楽の表情を瑞々しい筆致に描く傑作時代小説。

藤沢周平著
神隠し

失踪した内儀が、三日後不意に戻った、一層凄艶さを増して……。女の魔性を描いた表題作をはじめ江戸庶民の哀歓を映す珠玉短編集。

藤沢周平著

消えた女
―彫師伊之助捕物覚え―

親分の娘おようの行方をさぐる元岡っ引の前で次々と起る怪事件。その裏には材木商と役人の黒いつながりが……。シリーズ第一作。

藤沢周平著

春秋山伏記

羽黒山からやって来た若き山伏と村人とのユーモラスでエロティックな交流――荘内地方に伝わる風習を小説化した異色の時代長編。

藤沢周平著

時雨みち

捨てた女を妓楼に訪ねる男の肩に、時雨が降りかかる……。表題作ほか、人生のやるせなさを端正な文体で綴った傑作時代小説集。

藤沢周平著

孤剣 用心棒日月抄

お家の大事と密命を帯び、再び藩を出奔――用心棒稼業で身を養い、江戸の町を駆ける青江又八郎を次々襲う怪事件。シリーズ第二弾。

藤沢周平著

驟(はし)り雨

激しい雨の中、八幡さまの軒下に潜む盗っ人の前で繰り広げられる人間模様――。表題作ほか、江戸に生きる人々の哀歓を描く短編集。

藤沢周平著

密謀 (全二冊)

天下分け目の関ケ原決戦に、三成と密約がありながら上杉勢が参戦しなかったのはなぜか? 歴史の謎を解明する話題の戦国ドラマ。

新潮文庫最新刊

たそがれ清兵衛(せいべえ)

新潮文庫　ふ－11－21

平成三年九月二十五日　発行
平成九年六月二十日　二十四刷

著者　藤沢周平(ふじさわしゅうへい)

発行者　佐藤隆信

発行所　株式会社新潮社

郵便番号　一六二
東京都新宿区矢来町七一
電話　編集部(〇三)三二六六－五四四〇
　　　読者係(〇三)三二六六－五一一一
振替　〇〇一四〇－五－八〇八

価格はカバーに表示してあります。

乱丁・落丁本は、ご面倒ですが小社読者係宛ご送付ください。送料小社負担にてお取替えいたします。

印刷・大日本印刷株式会社　製本・加藤製本株式会社

ISBN4-10-124721-8 C0193